AF176613

Klaus Funke

Der dunkelrote Fleck

Eine Mordsgeschichte

Impressum:

Sonderausgabe Februar 2022

© by Klaus Funke

Herstellung und Verlag: BoD – Books on Demand, Norderstedt

Lektorat: E. Gutfried, Radebeul

Titelbild: Privat

ISBN: 9783755785552

Zum Buch:

Es ist die alte Frage von Schuld und Sühne, von Reue und Gewissen nach einem Verbrechen. Ein Mann erschlägt seine Mutter, er rächt sich für jahrelanges Martyrium, er „entsorgt" den Leichnam. Doch er findet keine Ruhe. Unerklärliches geschieht. Geräusche, Stimmen im Haus, Schuhe vor der Tür – stammt dies alles von der Mutter? Sie ist doch aber tot? Und dann der Blutfleck, der immer wieder dort erscheint, wo er sie erschlug, auf den Fliesen in der Küche. Ist er real, dieser Fleck? Oder narrt ihn bloß sein Gewissen? Böse Erinnerungen quälen ihn. Schließlich der Polizeikommissar, der wie ein Rächer aus dem Nichts auftaucht und der ihm Falle auf Falle stellt, ihn überführt. Dies alles wird dem Mann zu viel. Am Ende hält er es nicht mehr aus… die Schuld erdrückt ihn.

Das Buch, so kurz und knapp es ist, so psychologisch hochspannend ist es konstruiert. Man wird förmlich eingesogen von diesem Text, kommt nicht los davon.

Zum Autor:

Klaus Funke, in Dresden geboren und auch heute noch dort lebend, ist ein erfolgreicher Autor von sprühender Phantasie und erzählerischer Kraft. Vielfältig sind seine Bücher. So schrieb er einige sehr sorgfältig recherchierte, historische Romane, mehrere Künstlerromane, besonders über Musiker des 19. Jahrhunderts, Gegenwartsdramen, Krimis und einige humorvolle, kabarettistische Texte. Ein paar seiner über 20 Romane und Erzählungen sind bei BoD erschienen. Alles ist bestell- und lieferbar.

Wie von Sinnen schlug er auf die alte Frau ein.

Sie lag am Boden und wehrte sich nicht. Sie schrie auch nicht. Sie versuchte nur ihren Kopf zu schützen. Mit dem linken Arm wollte sie sich bedecken, der rechte war beim Sturz gebrochen und lag seltsam abgewinkelt auf den hellbraunen Fliesen der Küche, und es sah aus, als ob er gar nicht zu ihr gehöre, er lag nur ein paar Zentimeter neben einem Bein des hölzernen Tisches.

Doch der Mann bog diesen linken Arm wie einen störenden Ast zur Seite und schlug mit aller Kraft weiter zu. Wieder und wieder. Das bleierne Wasserrohr, das er dazu verwendete, hatte sich leicht verbogen. Der Kopf der Frau blutete stark. Haare, Blut, Splitter des Schädels, hervortretendes Hirn bildeten eine dunkelrote, mit gelblichen Inseln durchsetzte Masse.

Endlich, er hatte kein Gefühl für die vergangene Zeit, gab die alte Frau einen leisen Seufzer von sich, ihr Kopf war zur Seite gedreht und er sah ihr Auge brechen. Er registrierte den Tod der alten Frau ohne irgendeine innere Erregung, er sagte sich nur, dass er jetzt mit dem Schlagen aufhören müsse. Er war außer Atem, das Gesicht stark gerötet, Haarsträhnen klebten ihm auf der Stirn, wirr und wie mit Haarfestiger eingesprüht. Er erhob sich, immer noch stark atmend, er keuchte. Er betrachtete die am Boden liegende Tote, eine Frau von über Siebzig, die ihm auf einmal, wie sie so lag, kleiner als im Leben vorkam. Puppenhaft.

Oh, er kannte diese Alte. Denn sie war seine Mutter gewesen.

Er sah das halboffene, gebrochene Auge, es war dunkel, mit einem milchigen Schleier überzogen. Er glaubte, dass dieses Auge zu ihm aufblickte, aber es blickte nirgendwohin. Er sah dieses Auge und dachte, es sähe aus wie das Auge eines gerade geschlachteten Kaninchens. Ein unsinniger Vergleich, aber genau dies dachte er jetzt, neben der Toten stehend, und er erinnerte sich später noch häufig dieses Eindrucks. Dann berührte er den vor ihm liegenden Körper mit der Fußspitze. Es schien als ob er prüfen wollte, dass sie wirklich tot wäre. Doch da war kein Leben mehr. Schwer, wie irgendein toter Gegenstand fühlte sich dieser Körper an. Schwer, aber noch warm, das spürte er sogar durch den beschuhten Fuß hindurch, leblos wie ein soeben getötetes Tier, wie ein Sack Holz oder Abfall, der in der Sonne gelegen hat. Ihm fiel ein, dass man die Zeit bis zum Einsetzen der Totenstarre nutzen müsse. Ihm fiel auch ein, und das beruhigte ihn, dass er alles bedacht hatte. Er holte zwei große blaue Müllsäcke herbei. Reißfest und mit verstärktem Boden. Für 100 Liter jeweils. Eine ganze Rolle solcher Beutel hatte er besorgt. 25 Stück. Ja, er würde für die Alte zwei oder vielleicht auch drei Säcke brauchen, ineinander gesteckt, den Rest, die Hohlräume mit Papier ausgepolstert. Aus dem Haus und ins Auto würde er sie tragen. Sollen ihn die Nachbarn ruhig sehen, das macht nichts. Er hatte ihnen vor Tagen in beiläufigem Ton erzählt, die Mutter werde verreisen, zu Verwandten ins Gebirge, er müsse inzwischen, die Gelegenheit nutzend, hatte er gesagt, ein paar Zimmer, wahrscheinlich aber das ganze Haus renovieren. Das wäre schon lange fällig, hatte er hinzugefügt. Es würde ein paar Wochen dauern… Und, wenn die Alte nicht wiederkäme, so hatte er gedacht, dann wäre sie eben in der Fremde gestorben. So etwas gäbe es schließlich überall. Bedauerlich, aber nicht zu ändern. Alte Leute vertrügen Veränderungen schlecht… einen alten

Baum solle man nicht umpflanzen… jeder kenne die Redensart…

Und beim Renovieren, da gebe es immer ein paar Säcke Abfall, Tapetenreste, zerschnittenen Fußbodenbelag, irgendwelchen Müll wegzuschaffen. Alles Mögliche. Sollen sie ihn nur sehen wie er die Säcke ins Auto lädt. Nein, das wäre nicht weiter schlimm.

Es erweist sich als leicht, die Leiche in die Säcke zu verpacken. Schwieriger ist es, das Blut auf dem Fußboden zu entfernen. Man muss es tun, wenn es noch frisch ist. Eine Sauarbeit die Fugen zwischen den Fliesen zu reinigen. Hoffentlich hat das Blut nicht den Fugenzement verfärbt, denkt er, während er auf dem Boden kniet. Fast drei Stunden ist er mit dieser Arbeit beschäftigt. Zum Schluss ist er zufrieden. Sogar die Blutflecken an den Tischbeinen hat er beseitigt, und, man soll es nicht glauben, bis unter die Tischplatte ist das Mutterblut gespritzt. Aber er hat es auch dort entdeckt und entfernt.

Das Auto fuhr er mit dem Heck bis zur Haustreppe. Keiner der Nachbarn war zu sehen, als er den blauen Doppelsack in den Kofferraum wuchtete. In keinem der Fenster ringsum sah er Licht. Ein bisschen erschrak er, denn aus dem Sack drang, während er ihn im Auto, um die richtige Lage zu finden, hin und her wälzte, ein dumpfes Gurgeln, es klang als ob jemand unter Wasser um Hilfe riefe. Aber dieser Laut war nicht sehr deutlich und laut, niemand außer ihm könnte ihn gehört haben. Als ob einem der Magen knurrte, dachte er und lachte in sich hinein.

Sorgfältig schloss er das Haus ab und fuhr los.

Es war jetzt eine Stunde vor Mitternacht. Kein Mond, keine Sterne, Nieselregen, nasskalt. Ein und eine halbe Stunde fuhr er durch die Nacht. Er kannte die Strecke. Er hätte sie mit verbundenen Augen fahren können. Am Waldrand stellte er das Auto ab. Jetzt musste er zu Fuß weiter. Bis zu dem alten Brunnenschacht brauchte er mit dem Sack dreißig Minuten. Aber er konnte nicht ohne Halt laufen. Die Alte wog doch schwerer als er gedacht hatte. Erhitzt langte er an seinem Ziel an. Er schaute auf die Armbanduhr: es waren vierzig Minuten geworden. Der Brunnen gehörte zu einer verlassenen Schachtanlage, die seit dreißig Jahre nicht mehr genutzt wurde und von der niemand wusste, wem sie gehörte. Er hatte den Brunnen ausgelotet. Bis zur Sohle waren es fast zwanzig Meter. Unten lag Geröll und Unrat, den die Leute im Laufe der Jahre immer wieder hineingeworfen hatten. Er hatte ein paar Steine zusammen gesucht. Die würde er auf den Leichnam werfen.

Niemand würde die Tote finden. Er war sich sicher und er war zufrieden, als er die Arbeit beendet hatte. Einen Augenblick verharrte er, ehe er zum Auto zurückging. Er dachte an die tote Mutter, aber nur kurz, er wollte nicht an sie denken. Dies hatte er sich geschworen…

Doch, als er dann im Bett lag, konnte er keinen Schlaf finden. Auf dem Rücken liegend, mit offenen Augen, lauscht er in die Tiefe des Hauses, ein Haus, in dem er nun allein lag. Der Wecker, auf dessen Leuchtziffern er gestarrt hat, zeigte drei Uhr.

Auf einmal hörte er Schritte im Obergeschoss.

Unregelmäßige Schritte, Menschenschritte, ja ganz unzweifelhaft lief da oben ein Mensch. Dem Lauschenden schien es, als ob der, welcher da lief, mit einem Bein härter auftrat, etwa wie ein Hinkender. Er richtete sich halb auf, um besser zu hören. Kein Zweifel, im Obergeschoss oder weiter oben, auf dem Dachboden, lief jemand hin und her.

Tik-tok-tik-tok, hörte er ziemlich deutlich die Schritte. Doch wer lief da?

Er wusste, es konnte niemand außer ihm im Hause sein. Eine Täuschung? Die alte Wasserleitung?

Tik-tok-tik-tok.

Er wollte aufspringen, um nachzusehen, doch dann überlegte er es sich, ließ sich wieder in die Kissen zurücksinken. Indes, das Laufen hörte nicht auf.

Tik-tok-tik-tok.

Er schlug die Bettdecke zurück, stand langsam auf, ging zur Tür. Er wunderte sich über sich, als ihm auffiel, dass er sich mühte, leise und vorsichtig aufzutreten. Es konnte ja wirklich niemand im Hause sein, außer ihm.

Tik-tok-tik-tok.

Vielleicht doch die Wasserleitung? Oder ein Tier? Nein, das waren menschliche Schritte. Eindeutig. Er öffnete die Tür. Öffnete sie nur einen Spalt. Jetzt hörte er das Laufen deutlicher. Ja, es kam von oben, vom Dachboden. Auf Zehenspitzen stieg er die Treppe empor. Er erinnerte sich, dass es hier irgendwo eine Stiege gäbe, die laut knarrte, wenn man drauftrat, aber ihm fiel nicht ein, welche es wäre. Und eben, als er dies bedachte, gab die Treppenstufe unter ihm nach und erzeugte ein lautes Quietschen. Er erschrak und blieb stehen.

Tik-tok-tik-tok.

Das Laufen auf dem Boden hatte nicht aufgehört. Plötzlich entschloss er sich, rücksichtslos nach oben zu stürmen, keine Vorsicht zu üben. Einen Angriff wollte er wagen. Wozu, für wen Vorsicht?

Er drückte die Falltür zum Boden auf, hakte sie ein. Er fühlte einen warmen Hauch, es roch nach trockenem Holz und Staub. Es war dunkel, der Lichtschalter befand sich links neben der Tür an einem Pfosten. Er tastete danach. Das Licht flammte auf, hell, blendend, und es kam ihm vor, als ob eine Bühne plötzlich erleuchtet würde. Er sah die abgestellten Gegenstände, die alten verstaubten Möbel, die Kisten, Werkzeuge, eine gespannte Wäscheleine. Natürlich war niemand hier oben und es herrschte eine tiefe, friedliche Stille. Trotzdem, er ging auf dem Boden umher, stöberte in jede Ecke, in der Hand einen Spatenstil. Plötzlich bückte er sich und zog unter seinem Fuß einen vertrockneten Mäusebalg hervor. Die Tiermumie am dünnen Schwänzchen haltend, setzte er sich schließlich, nachdem er eine Weile unschlüssig stehengeblieben war, hockte sich auf einen alten Wäschekorb. Der Korb ächzte. Er fühlte wie der geflochtene Korbdeckel sich hart und schmerzhaft in seine Oberschenkel und den Hintern eingrub. In Gedanken sah er die Abdrücke in seinem Fleisch. Doch er blieb sitzen.

Er warf die tote Maus auf die staubigen Dielen, starrte gedankenlos zu dem toten Tier, dann, nach einiger Zeit, vergrub er sein Gesicht in den Händen.

Und auf einmal, langsam, wie kleine Wellen, tief aus seinem Bewusstsein kommend, spürte er alte, schon vergessen geglaubte Erinnerungen aufsteigen:

∞

... Der Dachboden ist dunkel und es riecht nach trockenem Holz. Irgendetwas raschelt ganz in der Nähe. Eine Maus? Oder eine Ratte gar? Ich habe gehört, dass Ratten lebende Menschen anfressen. Oder habe ich das gelesen, wo habe ich das gelesen? Bei Stevenson? Wie lange sitze ich hier oben schon? Eine Stunde, zwei, drei – oder sind es nur Minuten? Ich weiß es nicht, habe keine Vorstellung, wie viel Zeit vergangen sein könnte, seit mich meine Mutter hier eingesperrt hat, ergriffen mit ihren kalten knorrigen Händen, gepackt, gefesselt mit einer Wäscheleine, angezurrt an einen morschen Küchenstuhl und hier herauf geschleppt hat, das Schloss in der alten knarrenden Holztür herumgedreht, den Schlüssel abgezogen und davon gegangen ist. Ich höre noch immer ihre Schritte, ihre schlurfenden Schritte, mit dem linken Bein härter auftretend, genau wie „Long

John Silver". Ich höre ihre Schritte, die sich entfernen, immer leiser werdend, bis ich sie gar nicht mehr wahrnehme und nur die Stille, diese knisternde, dunkle Stille und dieser Geruch von trockenem Holz um mich ist. Sie hat nichts gesprochen bei alledem. Nur ihr Atem pfiff neben mir, dieses asthmatische Keuchen an meinem Ohr, ist es, was ich von ihr gehört habe, vor den Schritten, ihren Schritten, als sie sich dann entfernte, das Keuchen als sie den Stuhl mit meinen Zwanzigkommafünf Kilo, einem Normalgewicht für einen Zwölfjährigen, die Treppe hinauf schleppte, dieses Keuchen hörte ich, aber kein Wort, nichts. Vorher, in der Küche freilich, da hatte sie mit ihrer schrillen Stimme geschrien: „Dir werde ich es diesmal lehren. Das wirst Du bereuen!" Sie schrie, wie ich mir die Hexen vorgestellt habe, die Hexen aus den Märchenbüchern, die ich gelesen habe, wieder und immer wieder. Ein Brot hatte ich holen sollen, doch ich holte kein Brot, sondern ein kleines buntes Heftchen „Die Liebe und der Kapitän", das mir gefallen hat wegen der Bilder auf dem Titelblatt. Ein Kapitän, wie ihn man sich vorstellt, mit blauer Mütze und goldenen Tressen, mit einem Bart und leuchtenden Augen, er hält ein Mädchen im Arm und will es gerade küssen. Ein Mädchen mit langen, roten Locken *und einem roten Samtkleid, vermutlich eine Prinzessin oder eine Fürstentochter, eine wie Rapunzel oder wie die Goldmarie. Das Heftchen hat auf einem Ständer gesteckt vor dem Backwarenladen. Ich habe es gekauft für zwei Mark und fünfzig, für das „Brotgeld", das mir meine Mutter gegeben hat. „Wir haben kein Brot mehr", hat sie gesagt, „komm geh zum Backwarenladen." Und als ich zurückkam, fragte sie: „Wo ist das Brot?" Das Heftchen habe ich mir unters Hemd gesteckt, damit sie´s nicht gleich findet. Doch sie hat es gefunden, meinen Kapitän mit seiner roten Prinzessin, diese Heftchen von vielleicht einhundert Seiten für zwei Mark fünfzig. Und sie kreischt los mit ihrer Hexenstimme. Ob sie mich verwandeln wird? dachte ich eine Sekunde lang. Wenn sie eine Hexe ist, verwandelt sie mich vielleicht in ein Eichhörnchen. Das wär mir am liebsten, dann könnte ich von Ast zu Ast springen und ihr schnell entwischen, für lange Zeit, für immer. Nein, für immer wollte ich kein Eichhörnchen sein, also verwandelte sie mich in ..., in den Kapitän auf meinem Heftchen? Doch, sie hat mich nicht verwandelt. Sie kreischte, sie schrie, sie fuchtelte und ihre Augen glühten vor Wut. Glühen wie bei einer Hexe, das dachte ich, da packte sie mich, presste mich auf den Stuhl, auf diesen Stuhl, auf dem* sie sonst saß mit ihrer alten, abgewetzten Schürze, auf dem sie alle ihre Küchenarbeiten, bei denen sie sitzen konnte, verrichtete, hielt mich mit eiserner Hand fest in diesem Stuhl, zog eine Leine hervor, die bereitgelegen hatte, eine Leine, auf der sonst Handtücher, Strümpfe und meine Hosen und Hemden hingen und umwickelte mich wie ein Schnürpaket, Schlinge auf Schlinge, immer fester und fester, bis ich einem Rollschinken gleich, gefesselt war, und um mich dann als verschnürtes, lebendes Stuhlmännlein auf den Dachboden zu schleppen, keuchend, mit asthmatisch pfeifendem Atem: „Hier bleibst Du, bis ich Dich wieder hole und Du nachgedacht hast, was Du getan hast!"

Wie viel Zeit ist vergangen? Was soll ich bedenken? Was habe ich getan? Also saß ich auf dem dunklen, stickigen Dachboden, auf dem es ganz still war, und wo es manchmal raschelte und knisterte, dass mir Angst ward wegen der Ratten, von denen ich gelesen hatte. Doch es war wenigstens nicht nass und auch nicht kalt. Nässe und Kälte kann ich nicht vertragen. Mein ganzes Leben habe ich Angst vor dem Wasser und vor Kälte gehabt. Und doch lebe ich in einem Land, in dem es die Hälfte des Jahres nass und kalt ist. Die Mutter war es, die mir die Furcht vor dem

Wasser eingepflanzt hatte, die Angst vor kaltem, furchtbar kaltem Wasser. Eines Tages, ich war gerade zehn Jahre alt, war sie auf die Idee gekommen, dass ich das Schwimmen lernen müsse. Es zu lernen habe, bevor ich dazu in der Schule sozusagen amtlich Gelegenheit bekäme. Zu einem Junge wie mir, so hat sie gesagt, zu dem gehöre Schwimmenkönnen wie Laufen, wie… – doch dann fiel ihr nichts mehr ein oder ich habe es vergessen. An einem Morgen, einem Sonntagmorgen musste ich mit, in ein sogenanntes Hallenbad. Zuerst hat sie mir, indem sie mit ihren Armen und Beinen eckige und kreisende Bewegungen ausgeführt hat, das Ganze auf dem Trockenen erklärt. Sie stand auf dem ausgebreiteten Handtuch mit einem Bein und mit dem anderen und ihren dürren Armen machte sie diese Bewegungen, als ob sie im Wasser wäre. Dabei schwankte sie, denn das Gleichgewicht war nicht leicht zu behalten auf diese Weise und mit dem Mund ahmte sie die stoßweise Atmung der Schwimmer nach. Nun sollte ich es probieren. Doch das Gezappel meiner Mutter hatte mich nicht nur verwirrt, sondern auch zum Lachen gereizt. Kein Wunder, dass ich vor Kichern und Lachen nicht richtig stehen konnte, noch dazu auf einem Bein. Da lief sie dunkel an vor Wut. Diese Wut überkam sie wie in ein plötzlicher Anfall immer dann, wenn ihre Geduld sich erschöpft hatte. Und Geduld war bei ihr immer nur sehr klein gewesen. Sie bekam also ihre Wut und warf mich kurzerhand ins Wasser. Dabei rief sie, nun könne ich ja weiter lachen, aber auch nicht vergessen zu schwimmen, sonst ginge ich unter und ersöffe augenblicklich. Die letzten Worte habe ich nicht mehr richtig gehört, denn ich ging tatsächlich unter. Ich fühlte nur, dass mich eine entsetzliche Kälte anfiel, wie alles seltsam leise um mich wurde und ich in ein sanftes Schaukeln und Gleiten geriet. Als ich erwachte, lag ich wieder auf dem Trockenen, neben mir kniete ein Mann und zerrte an meinen Armen, bewegte sie rhythmisch hin und her und meine Mutter stand armverschränkt mit unbewegter Miene ein paar Meter weiter ab. Ich erbrach etwas Wasser, bekam einen Hustenanfall und fühlte mich schwach und zerschlagen. Doch die Schwimmübungen gingen weiter und immer weiter. Ich wurde ins Wasser geworfen, ging zwar nicht mehr unter, aber das Schwimmen lernte ich nicht richtig. Als es in der Schule an der Reihe war, versuchte ich mich zu drücken und bin dem Schwimmunterricht die meiste Zeit fern geblieben. Noch heute wage ich mich höchstens bis zur Brust in das Wasser, mache dann ein paar schwimmähnliche Armbewegungen, tauche auch mal den Kopf mit zugekniffenen Augen ein paar Sekunden unter Wasser, um dann schnell und entschlossen an Land zu eilen ... - Ich versuche mich zu konzentrieren: Warum ging mir gerade eben mein Verhältnis zum Wasser durch den Kopf? Ach, ich weiß: Weil ich auf dem Dachboden hockte und mich gefreut hatte, dass es dort wenigstens nicht nass und kalt gewesen ist, denn es war kaum eine Woche her gewesen, da hatte mir meine Mutter eine volle 10 Liter Waschschüssel mit diesem kalten, grässlichen Wasser über den Kopf geschüttet. Von hinten als ich auf einem Stuhl saß und nur, weil ich einen Aufsatz für den Deutschunterricht nicht fertig hatte, obwohl er am nächsten Tag abgegeben werden sollte. Einen Aufsatz über ein fröhliches Ferienerlebnis, das ich nicht gehabt hatte und das es nicht gegeben hatte, denn über Fröhliches wusste ich nichts. In den Ferien war ich nirgendwo, außer im Stadtpark und einmal an der Elbe gewesen. Was hätte ich also schreiben sollen? Stattdessen hatte ich mit einem Bleistift meiner zweiten Leidenschaft gefrönt, hatte Ritter und Pferde und Prinzessinnen skizziert, Kostüme und Waffen, Zaumzeug, Rüstungen und lange Kleider schraffiert und mir dabei Geschichten ausgedacht, so dass meine gezeichneten Figuren auf dem weißen Blatt anfingen, zu leben, sich zu bewegen. Ich war so aufgeregt und bei der Sache gewesen, dass ich nicht sah, nicht spürte, nicht hörte wie meine Mutter hinter mir herumgeschlichen war, mein Aufgabenheft kontrolliert und nun mit bösen Augen eine Waschschüssel herantrug. Mit dieser Waschschüssel also, die sie mit kaltem, entsetzlich kaltem Wasser, solchem wie es aus der Leitung schoss, gefüllt hatte und dieses nun plötzlich über mir ausschüttete. Zehn Liter Wasser auf mich, der ich damals wahrscheinlich nicht mehr als einen Meter und zwanzig groß gewesen bin, über meinen Kopf, den gebeugten Rücken und bis zum Gürtel hinab. Alles war im Bruchteil einer Sekunde tropfend nass. Und meine Mutter, sie kreischte, sie fauchte, es sei eine typische Sache, wenn ich wieder nur meine Spinnereien im Kopf hätte und nicht die Aufgaben für die Schule. Auf der Stelle, so schrie sie weiter, hätte ich diesen Aufsatz zu schreiben und dann verwies sie auf meine Schwestern Anna und Maria, dass es bei denen dergleichen noch nie gegeben hätte und dass nur ich... - die Ohren zuhaltend, heulend bin ich hinausgestürzt, habe draußen weiter geheult, verzweifelt gejammert. Doch, wer sollte mich hören? Mein Großvater Albert, der

Vater meiner Mutter, der bei uns ein Zimmer bewohnte, der einzige, den ich von Herzen geliebt habe und der mich geliebt hat, dem ich alles anvertraute, ausgerechnet der war nicht da, sondern in seiner Werkstatt, in der er, obwohl schon Rentner, häufig werkelte. Und meine Schwestern? Aus einem der Zimmer hörte ich das Spiel einer Violine, aus dem anderen das „Dadim, dadim, dadadimdim" einer Clementi-Etüde. Künstlerinnen sollten aus ihnen werden, nach den Plänen meiner Mutter und der brummigen Zustimmung meines Vaters. Auch zu dem hätte ich nicht gehen können, selbst wenn er da gewesen wäre. Aber er war, wie immer nicht da, sondern irgendwo, auf einer Tagung, einem Kongress, in seinem Institut – ich wusste es nicht. Nein, auch ihm hätte ich mich nicht anvertrauen können, denn ein Leben lang hat mein Vater seiner Frau, meiner Mutter, immer nur zugestimmt. Nie habe ich von ihm irgendeine eigene Meinung gehört, oder einen eigenen Vorschlag, immer nur dieses „Du hast schon recht, mein Liebling!", mit Liebling hat er sein Frau gemeint, dabei wäre man nur mit sehr viel Phantasie drauf gekommen, dass es zwischen den beiden so etwas wie Liebe gab oder jemals gegeben hätte, etwas, das die Anrede Liebling sachlich gerechtfertigt hätte.

Immer nur hat mein Vater, der auf die schönen Vornamen Friedrich August Maria hörte (oder doch auch nicht hörte, denn er wollte zeitlebens immer nur mit seinem Rufnamen Friedrich, welcher im Deutschen so prägnant auf „Fritz" abgekürzt wird und dem wir Deutschen diesen wunderbaren Spitznamen verdanken, also auf Fritz wollte er angesprochen werden. Und er hatte auch dieses typisch „Deutsche" an sich, dieses Gehorsame, dieses Unterordnen, dieses Pedantisch-Umständliche. Ein „Fritz" eben, wie sie die Deutschen nannten - die Franzosen, die Italiener, die Engländer und wer weiß noch - das war er, mein Vater. Ein Fritz! Also dieser Friedrich August Maria Wendrich hat meiner Mutter nach dem Munde geredet und dass auch uns gegenüber immer wieder betont, wenn er sagte: „Das wird Eure Mutter schon richtig machen" oder „Wenn ihr auf Eure Mutter hört, dann stimmt alles ganz genau" oder „Unsere schlaue Mutter hat es wieder genau gewusst". „Genau" war sein Lieblingswort, alles war bei ihm genau oder ganz genau oder haargenau. Denn auf das „Genaueste" war er als studierter Mathematiker immer aus. Alles musste stimmen, alles an seinem Platz liegen. Ein „Genauigkeitsfanatiker", mein Vater. Doch dass er meiner Mutter immer recht gab und ihr das Feld vollkommen überließ, hatte noch einen anderen Grund, auf den ich erst viel später gekommen bin. Mein Vater hasste es, Fehler zu machen oder bei solchen ertappt zu werden oder dass man ihm gar nachwies, er habe irgendetwas falsch gemacht. Also überließ er alles seiner Frau – und hatte immer den Rücken frei. Nichts konnte ihm passieren, wenn er ihr das Kommandieren, das Ersinnen und auch das Nachdenken überließ. Und noch etwas war es. Meine Mutter war von ihrer ständigen Rechthaberei, ihrer Bestimmerei und der Rolle als Familienoberhaupt so in Anspruch genommen, und er hatte sie so eingeschläfert durch sein ewiges „Du hast ja recht!", dass es ihr entging, entgehen musste, weil sie nicht auch noch ihn kontrollieren und überwachen wollte, ihre gestrengen Augen nicht darauf richtete, was mein Vater mit seiner Freizeit und den Freiräumen anfing, die er sich durch sein Zurückweichen in die zweite Reihe erobert, die er sich so geschaffen hatte. Da waren seine Hobbys - das Sammeln und Katalogisieren von seltenen Mineralien. Stunden, Tage konnte er damit zubringen Quarze, Halbedelsteine, Lavagesteine, Glimmer, Achate, Feldspate zu sammeln, zu polieren und fein säuberlich in Kistchen und Kästchen einzupassen, zu beschriften und sich an der steinernen, manchmal auch glitzernden Pracht zu freuen. Aber da waren auch Besuche bei einem Freund, den er „meinen lieben Sander" nannte. Ganze Sonntage, lange Abende verlebte er mit diesem Freund. Was sie trieben, ob sie irgendein gemeinsames Hobby hatten, ob sie lasen oder Karten spielten, ob sie Bier und Wein tranken, ob sie musizierten, denn mein Vater spielte Klavier und dieser „liebe Sander" soll ganz gut gesungen haben, soll „einen wunderbar weichen Bariton" gehabt haben, wie mein Vater gelegentlich gesagt hat, oder ob sie sich erotisch zugetan waren, wusste ich nicht und habe es nie erfahren. Ich habe diesen Sander, „meinen lieben Sander", nur einmal gesehen. Das war zu meines Vaters Begräbnis vor zehn Jahren. Er hat auf mich den Eindruck eines sehr weibischen Mannes gemacht, große verträumte Augen, einen seltsam wiegenden Gang und samtene, weiche Hände, die einem festen Händedruck ausgewichen waren. - Doch zurück. Ich stand also im Flur mit nassem Kopf, Rücken und Hosen, fror und heulte und musste dem Klavier- und Violinspiel meiner Schwestern Anna und Maria zuhören. Und während sie Akkorde griffen und Tonleitern auf und ab intonierten, während dieses ganzen entsetzlichen Gedudels und ich nass und *frierend dastand - da, in diesem Augenblick, habe ich das erste Mal beschlossen, meine Mutter umzubringen. Ich spürte wie mir ein geradezu würgender Hass, der mich wie ein Krampf ergriff, von der Brust empor stieg. Da stellte ich mir vor, dass ich es tun würde – mit Gift zuerst. Sie hätte gerade eine Tasse Tee getrunken, in der ich vorher das Gift aufgelöst hatte, von dem ich nicht wusste welches, ob Arsenik, ob Strichnin, ob Barium, ob Zyankali, denn ich hatte selbstverständlich keine Ahnung von diesen Mittelchen, noch woher ich sie bekommen könnte, noch wie ich es bewerkstelligen sollte, diese heimlich in ihre Tasse zu tun. Ich stellte mir nur vor, dass ich es getan haben würde und ich würde sie mit aufmerksamen Augen beobachten, wie sie die Tasse absetzte, mich merkwürdig anlächelte, um sich dann an den Hals, die Brust zu greifen, mit der anderen Hand sich klammernd an der Stuhllehne festzuhalten (es war in meinen Gedanken derselbe Stuhl, derselbe, an den sie mich eine Woche später fesseln würde!), wie sie röchelte, mit gurgelnder Stimme ausrufen würde „Junge! Was hast Du Deiner Mutter angetan!" (in meiner Vorstellung sollte sie wissen, im Augenblick des Todes Gewissheit haben, dass ich, ihr eigener Sohn, sie umgebracht, sie vergiftet hätte) und wie sie* schließlich umsinken würde, die Augen verdreht, dass nur noch das Weiße zu sehen wäre... - Dann dachte ich an eine andere Methode, zum Beispiel, dass ich auf der Treppe zum Dachboden ein Brett lockern könnte. Ich wusste, sie stieg in der Woche mehrmals dorthinauf, um Wäsche aufzuhängen oder irgendetwas zu holen. Ich stellte mir vor wie sie, nachdem ich mein Werk heimlich vollendet hätte und nun lauernd in der kleinen Kammer neben der Treppe hockte, wie sie mit schwerem Schritt, mit einem Bein härter auftretend, keuchend die Holztreppe hinaufstieg. Ich wusste, denn ich hatte die Stufen gezählt und bei der dreizehnten, ja welche Ironie bei der dreizehnten, Stufe musste das Brett, welches ich gelockert hatte, unter ihrem Fuß nachgeben. Neun, zehn, elf, zwölf… gleich, gleich würde es soweit sein - die dreizehnte Stufe! Ich würde einen Schrei hören und im gleichen Moment den Fall ihres Körpers. Da! Da war es passiert! Sie kreischte, ganz in ihrer Art. Nein sie schrie nicht, sie kreischte, noch im Tode gab sie dieses hässliche, erschütternde Gekreisch von sich. Und das würde das letzte sein, was ich von ihr im Leben hören sollte, dann würde es still, ganz still werden. Totenstill. Das Violinspiel und das Klaviergeklimper, das die ganze Zeit wie immer das

Haus erfüllt hatte, würde mit einem Schlag aufhören. Die Schwestern Anna und Maria würden mit angsterfüllten Augen aus ihren Zimmern stürzen, die eine noch ihren Violinbogen in der Hand, die andere mit den Noten von Diabelli, sie kämen aus ihren Zimmern gelaufen, auf mich zu, der ich arglos und mit gespielter Überraschung auftreten würde. Und sie würden mich fragen, ob ich DAS gehört hätte. Und ich würde fragen: Was denn? Und sie würden mit zitternden Stimmen weiter fragen: Diesen Schrei! Dieses Poltern! Und ich würde schweigend zur Bodentreppe zeigen. Und sie würden dorthin rennen, den Geigenbogen und das Notenheft in der Hand, atemlos und mit großen, angstvollen Augen. Und dann würde ich dasselbe Gekreisch hören, nur in anderer Tonlage, etwas höher und schwächer, von meinen Schwestern Anna und Maria. Und ich würde betont ruhig und beherrscht zu ihnen sagen: Ich rufe die Polizei! Schafft sie bitte ins Schlafzimmer! Was sie auch ohne Umstände sofort tun würden. Indessen nagelte ich das Brett wieder fest, verwischte alle Spuren... - jedoch, die Polizei ist nicht gekommen, meine Mutter ist nicht gestürzt, dieses Brett habe ich nicht gelockert, nichts ist passiert, denn ich stand im Flur, nass und frierend, und aus den Zimmern erklang

Musik, gespielt von meinen Schwestern – alles hat nur in meinem Kopf stattgefunden ...

ဆ

Der Mann schaut auf.

Der Pyjama, den er noch anbehalten hat, fühlt sich feucht an. Er hat geschwitzt. Es wird kurz vor vier Uhr sein, denkt der Mann, auf dem Wäschekorb sitzend. Durch die Dachfenster schimmert matt die Morgendämmerung. Es ist still hier auf dem Dachboden. Wunderbar still. Kein Laut ist zu hören. Totenstille auch im Haus unten.

Der Mann erhebt sich. Jetzt spürt er die Schmerzen vom Korbdeckel. Er reibt sich Gesäß und Oberschenkel. Ein wenig steif geht er zur Falltür, steigt hinab auf die Treppe, wendet sich um und verschließt den Dachboden. Er spürt ein Hungergefühl, er wird jetzt in die Küche hinuntergehen und sich das Frühstück bereiten. An die geheimnisvollen Schritte, die ihn auf den Boden geführt haben, denkt er nicht mehr. Die Vorfreude auf ein Frühstück, einer Tasse Kaffee, ein weichgekochtes Ei füllen ihn aus. Beinahe fröhlich öffnet er die Küchentür. Doch, als er den Raum

betritt, befällt ihn sofort eine eigenartige Beklem-
mung.

Unwillkürlich schaut er zu der Stelle hin, wo die tote
Mutter gelegen hat.

Ein jäher Schrecken durchzuckt ihn. Wie angewurzelt bleibt er stehen, die Klinke der Küchentür kann er
auf einmal gar nicht mehr loslassen - denn genau an
dieser Stelle, auf dem hellbraun gefliesten Fußboden,
gleich neben dem Küchentisch sieht er einen großen
dunkelroten Fleck. Blut! Es ist das Blut der toten
Mutter! Aber verdammt, er hat es doch entfernt, sagt
er sich, hat sich alle Mühe gegeben, dass nicht der
kleinste Spritzer mehr zu sehen ist. Er stürzt zu der
Stelle, kniet sich nieder, berührt mit dem Finger den
dunkelroten Fleck. Es ist tatsächlich Blut, noch
warmes Blut sogar, das leicht klebt und süßlich riecht.

Wieso, jetzt das Blut? Und warum ist es so frisch?
Ein heilloser Schrecken hüllt ihn ein wie ein kaltes
Tuch. Der Mann sinkt hin. Er sitzt wie gefällt neben
der Blutlache und in seinem Kopf ist ein wildes
fürchterliches Hämmern und Toben. Er spürt auch
sein Herz. Es rast und klopft zum Zerspringen. Wie ist
das möglich? Wie kommt das frische Blut auf die
Fliesen? denkt es in ihm ununterbrochen. Er findet
keine Erklärung. Denn er ist sich vollkommen sicher,

in der letzten Nacht alles, wirklich alles entfernt zu haben.

Er beugt sich vor, schaut unter den Tisch. Nein, hier ist alles sauber.

Kein Spritzer zu sehen. Nur dieser Fleck hier. Er berührt ihn wieder mit der Fingerspitze, er riecht daran, überwindet sich und kostet die rote Flüssigkeit. Ja, tatsächlich, echtes Blut. Es würgt ihn. Der Hunger, die Vorfreude auf das Frühstück sind verflogen, er holt Wasser, Reinigungsmittel, eine Bürste, einen Lappen und beginnt den Flecken zu entfernen. Es gelingt ihm. Es geht schneller und vollständiger als er gedacht hat. Nach zwanzig Minuten ist nichts mehr zu sehen.

Der Mann setzt sich matt und schlaff an den Küchentisch. Nein, er kann jetzt nichts essen. Wieder nimmt er den Kopf in die Hände und verfällt in Erinnerung und Nachdenken:

೦

Oh, wenn es Irene wüsste, dass ich ...? Wenn sie dies alles wüsste, denkt er, den Kopf in den Händen.

Unsinn! Sie kann es nicht wissen...

Halblaut murmelt der Mann nun Worte und Sätze vor sich hin, wie in einem großen, endlosen Monolog:

Ach, ich sehe den Kopf, die Lippen, die dunklen Augen von Irene jetzt wieder vor mir, ich erinnere mich, wie ich diesen Kopf in meine Hände genommen, wie ich sie geküsst habe, ihre Augen, die Stirn, die Nasenspitze, das Haar, dieses dunkle blauschwarze Haar, das so unvergleichlich nach Myrrhe geduftet hat, den weichen, halb geöffneten Mund („Erdbeermund!" hat der Kinsky gesungen). Alles das habe ich von ihr geküsst, wieder und immer wieder und gestammelt, mit wirren, unzusammenhängenden Worten, dass es bestimmt gut ginge, dass ich mich lösen würde, dass ich zu ihr, für immer zu ihr zöge, weg von dieser Stadt, dieser Enge, weg von der Mutter und den Schwestern und ich habe das nicht nur so gesagt, glaube ich, denn ich wollte es mit allem, was ich an Tatkraft, Willen, Entschlussfreude besaß. Alle diese Worte fallen mir jetzt dazu ein, wenn ich an meinen Zustand von vor einem dreiviertel Jahr zurückdenke, habe wirklich und wahrhaftig mit dieser siebenundzwanzigjährigen Irene Puchmann, Redakteurin aus Mehlem am Rhein, am wunderschönen Vater Rhein, ein neues, endlich ein eigenes, selbstbestimmtes, ein freies und wunderschönes Leben beginnen wollen, wie mir es damals vor einem dreiviertel Jahr in meinen Wünschen und Tagträumen vorgekommen ist, ein eigenes Leben mit der freien Entscheidung zu all den hunderten täglichen Einzelheiten, welche Wäsche, welches Hemd ich anziehe, welche Schuhe, was es zu Mittag oder am Abend zu Essen gäbe, ob ich die Fenster aufmache nach dem Aufstehen oder zulasse. Gleich morgens dann würde ich Irenes Gesicht sehen, ihr Lächeln, würde durchs offene Fenster hinaus auf den träge dahin fließenden Rhein sehen können, hörte die fernen Geräusche der Boote und Schiffe, die Rufe der Schiffer, sähe die Radfahrer auf den langen gewundenen Wegen entlang des Flusses, würde meinen Frieden gefunden haben. Ach, was bin ich, trotz meiner Zweiundvierzig doch für ein Träumer gewesen und habe nicht sehen können, was passieren würde, so wie ich es niemals (oder sagen wir: selten), wie ich niemals wirklich etwas realistisch, ohne verwoben mit Phantasien, Wünschen, Spinnereien, jemals in meinem Leben gesehen oder bedacht habe.

Hätte ich nicht wissen müssen, dass es eine gab, die mir mit satanischer Freude, mit den unglückbringen-den Zufällen, mit denen sie im Bunde zu stehen schien, alles, immer wieder jedes Glück, jeden Versuch, den ich unternommen habe, um endlich frei zu sein, frei von ihr und ihrem Bann, ja ihrem Bann, unter dem ich litt, mein ganzes Leben gelitten habe, die mir immer alles zunichte gemacht hat und sich noch im Recht fühlte, glaubte, sie handelte zu meinem Wohl, dass es diese Teufelin gab - meine Mutter! Ich hatte Irene, vor eben diesem dreiviertel Jahr, in unserem Hause kennengelernt, anlässlich eines Festes, das eigentlich zu Ehren meiner älteren Schwester Maria, der Pianistin, stattgefunden hat. Ihrer Hochzeit. Endlich heiratet sie also, die Maria, die einen Monat vorher fünfundvierzig Jahre alt geworden ist, dachten alle Bekannten, Freunde, die halbe Musikwelt, in der sie verkehrte und bekannt war. Dieses späte Fräulein also heiratet. Ihren Mann, ich sehe ihn vor mir, auch jetzt noch ganz deutlich sehe ich diesen hageren, lang aufgeschossenen Musikkriti-ker, der wie ich weiß, Kritiken in fast allen renommier-ten deutschsprachigen Wochenzeitungen schreibt, immer unterzeichnet mit dem Pseudonym „Pianissi-mo", Ihn sehe ich vor mir, „diesen Konzertvernichter", wie ihn meine andere Schwester Anne, die Geigerin, einmal genannt hat. Der mit den seriösen, grauen Schläfen, „das Beste an ihm", wie meine Mutter immer wieder gesagt hat. Aber er hat fanatische, hektische Augen, die niemals stillzustehen scheinen, die umher flitzen wie Tennisbälle, alles in sich hineinraffen, die flattern und zucken, dass man ganz nervös wird, besonders, wenn man ihn noch nicht kennt und man vor ihm stehen muss und seinen Namen sagen will und ein „Wie geht es?" oder eine andere freundlich nichtssagende Formel anbringen möchte. Unwillkürlich wird man von diesen umherirrenden Augen angesteckt, von diesem Flackern und dem Hin und Her und man möchte sich umdrehen und seinen Blicken folgen, zum Beispiel zum Fenster hinaus, an die Wand, oder zu den Nachbarn, die harmlos plaudernd neben einem stehen, oder zu den Bildern an den Wänden, zum kalten Büfett, überallhin huscht dieser Blick, verweilt nirgends lange, tastet, fotografiert. Wie wird sie das aushalten, die Schwester? Das denke ich damals, denke ich jetzt. Die Festlichkeiten nach Standesamt und Kirche sollten nach dem Willen der Mutter, denn mein Vater ist schon lange nicht mehr am Leben, in unserem geräumigen Haus und dem ganzen Anwesen, also auch im Garten und auf allen Wegen und Flächen, stattfinden. Auch die Kirche hat auf dem Programm gestanden, der Bräutigam zahlt nicht nur brav die Kirchensteuer, sondern ist ein aktiver und gläubiger Christ, eine Vorstellung, bei der es mir kalt den Rücken hinuntergelaufen ist, als ich es aus dem

Munde meiner Schwester Anna erfuhr, und ich an die zu verheiratende Schwester Maria voller Mitleid gedacht habe. Ich bin nicht mit in der Kirche gewesen, obwohl die Mutter es mir mit rollenden Augen und zorngefurchter Stirn befohlen hatte, denn es hat sich mir nicht auftun wollen, dass meine Mutter, die zeitlebens eine Feindin, eine Gegnerin der Kirche gewesen ist, jetzt nun wegen dieser Hochzeit meiner Schwester mit dieser musikkritisierenden Betsäule, diesem Fürchtegott (so sein Vorname!) Fiedler, wie er mit seinem bürgerlichen Namen heißt, wenn er nicht mit „Pianissimo" die Kritiken unterschreibt. Nein, ich konnte es nicht begreifen, dass meine Mutter nun mit in eine Kirche gegangen ist. Und nicht nur mitgelaufen ist sie als harmloser Hochzeitsbesucher oder sogar als Brautmutter, die sie ja gewesen ist, im Gegenteil sie hat alles mit dem „Herrn Pfarrer", wie sie sich ausdrückte, vorbereitet, durchgesprochen, diese ganze Feier, die ganze verlogene, diese, bis auf ein paar aufrichtige, ehrliche, sentimentale Tränen vielleicht, aber viele heuchlerische Freudentränen erzeugende Feier. Und der Herr Pfarrer ist dann auch zweimal in unserem Hause gewesen, hat Kaffee und dazu einen Likör getrunken und mit seinem Gehabe meiner Mutter mächtig imponiert. „Ein feiner und gebildeter Mann, der Herr Pfarrer", hat sie gesagt und hintendran gehängt, damit sie nicht völlig unglaubwürdig werde, „aber ich glaub natürlich nicht an das ganze Kirchliche, wie ich das noch nie getan habe!" Im Gegensatz zu mir, der ich in meinen vergangenen Jahren, ausgehend von den Worten und Lehrstunden meines Großvaters Albert, den christlichen Glauben und die Botschaft Jesu immer mehr zu meiner eigenen Überzeugung gemacht habe, aber ich habe die Heuchelei meiner Mutter und die meiner Schwestern, die immer vollkommen materialistisch, antichristlich, religions-feindlich eingestellt gewesen sind, einfach nicht mitmachen können. Es ging nicht und wenn ich auch sonst immer, um Streit zu vermeiden, getan habe, was die Mutter gewollt hat, in diesem Punkt ging es nicht. Doch da ich es nicht getan habe, meiner Mutter in diesem Punkt eben nicht zu Willen sein wollte, denn um keinen Preis der Welt wollte ich mit diesen „Pharisäern", diesen „Zöllnern" im Hause des Herrn sitzen, und da ich deshalb zu Hause geblieben war, hatte ich die Gäste zu empfangen, die entweder später gekommen oder eben aus den verschiedensten Gründen nicht mit in die Kirche gehen wollten. Und siehe, da bin ich, auf diese Weise meinem Schicksal nicht entgangen und es ist mir direkt in die begrüßenden Hände und Arme gelaufen. Ich lernte Irene kennen! Sie kam den Gartenweg direkt auf mich zu, schaute sich um mit neugierigen Augen, und fragte im Singsang der typischen Rheinländerin, ob sie hier richtig, ob dies hier die Hochzeit der Maria Wendrich sei. Wenn es so etwas gibt wie den einen ersten Gedanken „Das ist sie! Das ist die, auf die ich schon immer gewartet habe!", wenn es dieses in Liebesromanen und Filmromanzen strapazierte Liebe-auf-den-ersten-Blick-Gefühl wirklich gibt, dann habe ich dieses in jenem Moment empfunden. Ihre dunklen Augen, das schmale Gesicht, umrahmt von dunklen, kurzgeschnittenen Haaren, die zierliche, mädchenhaf-te Figur und dieser nicht zu beschreibende Charme, der ihr eine fast kindliche Anmut, Naivität, eine Spur Hilflosigkeit und eine ungekünstelte Frische verlieh. All das imponierte mir sofort, und mit einem Schlag. Nur nach wenigen Worten, die ich mit ihr zwischen all den anderen ankommenden, wartenden, hin und her laufenden Gästen gewechselt habe, nach Worten, aus denen ich erfuhr, dass sie vor einigen Jahren die Bekanntschaft meiner Schwester bei einem ihrer Konzerte gemacht hatte und sie sich seither geschrieben haben, nach flüchtigen, tastenden

Blicken, wie sie bei einem solchen Gespräch ausgetauscht werden, da wusste ich, diese zierliche junge Frau würde ich nicht mehr loslassen, nicht aus meinem Kopf, nicht aus meinen Phantasien, die sofort eingesetzt haben, und die in mir, der ich sonst niemals zu Derartigem neige, den wirren Wunsch erzeugten, sofort, hier und jetzt mit ihr zu schlafen. Ja, sie hatte diesen geheimnisvollen Charme, dieses hintergründig Katzenhafte, dieses Lockende, Unergründliche wie ich es mir immer vorgestellt habe, dass es Französinnen hätten, obwohl ich in meinem ganzen Leben niemals bisher eine Französin gekannte habe oder etwa in Frankreich gewesen wäre. Wie meine Phantasie es mir hervorgeholt hat aus meinen Büchern, aus Filmen vorgaukelte, aus unzähligen Bildern dieser französischen Chansonsängerinnen, dass Französinnen ihr glichen, so glaubte ich vom ersten Augenblick an, genauso sei auch diese glutäugige, dunkle Irene. Sie sei eine solche Französin, könnte dafür gelten zumindest, dachte ich. Und während wir redeten über die Hochzeitsfeier, die anderen Gäste, die Stadt, das Wetter, die Blumen, Sträucher und Bäume im Garten, dachte ich nur dieses eine, wie wir uns küssen würden, wie sie mich zärtlich umschlingen, wie wir uns lieben würden in *allen Stellungen, im Hause auf allen Betten und Sesseln, auf den Teppichen, dem nackten Fußboden, im Keller, auf der Treppe, hier im Garten, überall, ja überall, in allen denkbaren Verzückungen und Verrenkungen, die es geben konnte. Und wenn ich gekonnt hätte, wie ich in diesem fast unwiderstehlichen Drang zwanghaft, schmerzhaft wollte, dann würde ich die übrigen Gäste fortgeschickt haben, alle diese schwatzenden, oberflächlichen, trinkenden, fressenden, widerlichen, aufdringlichen Menschen, die herumstanden, herumliefen und auf die aus der Kirche zurückkehrende Hochzeitsgesellschaft warteten. Und ich erinnerte wie mich Familienfeiern, Familienfeste aller Art immer schon ergrimmt, geärgert und mit einer ohnmächtigen Wut erfüllt haben, wie ich mich in Schränken, unter Betten, auf dem Wäscheboden, im Keller, überall im Haus versteckt habe, ängstlich und mit klopfendem Herzen, bemüht all diesen Gästen, diesen von den Eltern eingeladenen Freunden, diesen widerwärtigen, doofen und blöden Erwachsenen aus dem Wege zu gehen, die immer nur fragten, was in der Schule los wäre, wie die Zensuren ausgefallen seien, ob man mit den Lehrern zurechtkäme und ob man schon eine Freundin hätte, und wie das auch später so geblieben war,* immer habe ich mich vor diesen Familienfeiern und Festen, diesen Geburtstagen, den Hochzeitstagen der Eltern gefürchtet und versucht, mich unsichtbar zu machen, denn diese Familienfeiern sind ja stets das Fürchterlichste, das Geheucheltste, das Verlogenste gewesen, was man sich denken kann. Besonders meine Mutter hat bei diesen Anlässen am meisten gelogen, geheuchelt und sich verstellt, indem sie lachte, lustig war, und ihre Erziehungsmethoden als meine Schwestern und ich noch kleiner gewesen sind, gepriesen und herausgestellt hat, als das einzig Mögliche und Wahre, um unsere Talente zu fördern und sie hat mit ihrer Bildung geprahlt, ihrem Wissen über Musik, Literatur und Allgemeines, ihrer Bildung, die indes doch nur eine Halbbildung gewesen war, die doch nur Einzelnes herausgepickt hat und es präsentiert hat wie etwas Besonderes und als zeige sie nur einen Zipfel ihres riesigen, enzyklopädischen Wissens, denn in Wahrheit hat sie nichts richtig gewusst und wenn die Gäste, die von ihrem Kuchen, ihrem Kaffee, ihren Süßspeisen, dem Eis, dem Gebratenen, Gegrillten, den Salaten und wunderschön zurecht gemachten Fressereien, dem Bier, dem Wein, Sekt und den Likören, von all ihren kulinarischen Verführungskünsten ganz satt, zufrieden, vollgestopft und daher denkfaul und schläfrig gewesen sind, wenn diese Gäste nur einmal, ein einziges Mal, nachgefragt oder etwas hätten näher wissen wollen aus dem mütterlichen Wissenstopf, sie wären erschrocken gewesen, was für eine entsetzliche Leere und Gedankenwüste sie vorgefunden hätten. Da hätten sie gestaunt, dass ihre Gastgeberin weder Beethoven von Brahms, noch Bach von Händel, oder Schiller von Novalis zu unterscheiden gewusst hätte, sie wären draufgekommen, dass meine Mutter den westöstlichen Diwan für ein modernes Liegemöbel, den Steppenwolf für ein gefährliches Raubtier, die Buddenbrocks für eine Familie aus dem Fernsehen, die Schöpfung für ein Gedicht von Schiller, Doktor Faustus für einen Mediziner und die Füchse im Weinberg für einen Jagdbericht gehalten hätte, dass sie weder gewusst hat, wer Bruckner, Mahler und Mendelssohn, noch wer Sartre, Frisch oder Walser ist. Und doch ist all das nie herausgekommen, immer haben die Gäste unsere Mutter für eine Riesin an Gedanken, Wissen und Kunstverstand gehalten. Als ich klein war, habe ich das nicht bemerkt oder gewusst, sondern mich nur allgemein vor diesen Feiern gefürchtet und gedrückt, später dann habe ich mich geschämt und einen furchtbaren Grimm bekommen, kaum hieß es, dass wieder irgendein solches Fest geplant war. Und genauso ist es mir nun auch mit dieser Hochzeit meiner Schwester gegangen! Ich wusste, dass ich mich nicht davor drücken konnte, wusste, ich würde dabei sein müssen, vom Anfang bis zum Ende und meine Mutter, die mich genau kannte, die gewusst hat, dass mich dieses Fest wie alle Feste eine schmerzhafte Überwindung kosten würde, dass ich mich würde zwingen müssen, nicht davonzulaufen, dass ich im Innern ergrimmt die ganze Zeit herumlaufen würde, mit vor Ärger geschwollener Galle. Nein, sie hat mich zum Maitre de Plaissier gemacht, mich beauftragt, für die Zeit ihrer Abwesenheit in der Kirche, die Gäste zu begrüßen, Essen und Trinken zu organisieren, herumzulaufen wie ein bezahlter Oberkellner, alles zu überwachen und auch danach, wenn sie zurückgekommen sei aus dem Bethaus, diesem Ort der größten denkbaren rührseligen Heuchelei, auch dann sollte ich noch, ihr zur Seite dafür sorgen, dass alles reibungslos liefe und die Gäste, alle die dreiundsiebzig Gäste, die erwartet waren, zu ihrer und der eigenen Zufrieden-heit bewirtet und versorgt würden. Sie wusste genau, wie mich das quälte und folterte, doch sie bestand erbarmungslos darauf, dies sei ich meiner Schwester und ihr schuldig, als einziger Mann der Familie, nun nachdem unser Vater nicht mehr sei. Und ich denke auch an ihn, den Vater. Ob er froh wäre, das alles nicht mehr zu erleben? Er, der seit nunmehr schon fast zehn Jahren tot war. Auch er wäre nur von seiner Frau, meiner Mutter angestellt worden, zum Kellner, sicher nicht einmal zum Oberkellner bestellt worden, hätte den Butler spielen müssen, während sie sich den Gästen widmen müsse, wie sie es genannt haben würde, denn und dies hat sie in den letzten Lebensjahren des Vaters in taktloser Weise immer wieder öffentlich und laut gesagt; sie sei ja die einzige, die Konversation machen könne, er, der Vater in seiner Einspur-Wissenschaftsdenkweise, verprelle die Gäste, er, der ja andauernd nur ihr immer recht gäbe, müsse sie bei jedem und bei allem fragen, wisse nichts und könne nichts sagen, hinzu käme, dass er wegen seiner zunehmenden Magenerkrankung den Gästen nicht zu nahe treten solle, denn er rieche entsetzlich aus dem Mund. Das hat sie gesagt, des Öfteren und da lebte Großvater Albert noch, so dass mein Vater in der letzten Zeit bei diesen Famlienfesten bloß die Randfigur gespielt hat, sich nicht zu reden getraute, sich andauernd die Hand vor den Mund gehalten hat, und, wenn es niemand sah, daran gerochen hat, prüfend, ob es denn stimme mit seinem Atem. So ist sie gewesen, die Mutter, denke ich und so ist sie auch, so wäre sie noch jetzt, wenn...

Irene und ich, wir haben dagestanden und uns unterhalten, Sektgläser in den Händen, denn ich hatte uns natürlich sofort etwas zu trinken geholt, und es war noch keine halbe Stunde vergangen, da haben wir gelacht, uns lustig gemacht über diesen und jenen, über die anderen Gäste, haben gewitzelt und uns glänzend verstanden. Doch dann ist sie, die Mutter, gekommen aus der Kirche, in der Mitte der ganzen Gästeschar, hinter ihrem Schwiegersohn Fürchtegott und ihrer Tochter, die ganz rot und irgendwie verstört ausgesehen hat. Sie blickt zu mir und mit einem Feldherrnblick hat sie sogleich die Lage sondiert, hat Irene und mich zusammenstehen gesehen, und ihre Stirn furchte sich, und sie ist zu mir herangekommen mit ihren kurzen energischen Schritten, und man hat nicht gesehen, dass sie das eine Bein etwas nachzieht. „Was stehst Du hier und schwatzt!" zischt sie „Siehst Du denn nicht, dass jetzt der Imbiss aufgetragen werden muss?" Und sofort hat sie die andere Schwester, die Anne, gerufen und wir haben den Imbiss aus dem Haus getragen, die Mietkellner, die irgendwo tatenlos und schwatzend herumstanden, haben wir angetrieben, und wir sind treppauf, treppab, herein- und hinausgelaufen, mit Tellern, mit Tafeln, mit Gläsern, Tassen und was weiß ich. Irene verlor ich aus dem Blick, sah nur wie sie zur Braut und diesem Fürchtegott mit dem von mir gereichten Sektglas hingegangen ist, in dem noch ein Rest hin- und herschwappte. Später dann, als ich sie suchte, stand sie immer noch bei meiner Schwester und hörte dem Kritiker Fürchtegott zu, amüsiert, wie ich aus den glitzernden Pünktchen in ihren Augen zu sehen glaubte, während mein Herr Schwager mit vollem Ernst dozierte und die Runde unterhielt. Er sprach von der deutschen Musikszene, vom sogenannten Konzertleben, davon, dass es keine Künstler mehr gäbe, alles flach und abgeschmackt, fade und inhaltlos, in Zeremonien und Gesten erstickt sei. Ohne die mindeste Rücksicht auf seine immerhin noch konzertierende und jetzt neben ihm stehende Frau, sagte er, die klassische Musik werde wie eine zerfledderte Stoffpuppe hin- und hergeworfen, jeder zupfe an ihr herum, bis nichts mehr übrig sei. Sie sei ein leeres Instrument und niemandem, selbst den Künstlern nicht, Bedürfnis oder gar Botschaft, niemand mache sich die Mühe den Intensionen der Komponisten Rechnung zu tragen, Werktreue sei ein

Fremdwort geworden, denn nur so könne es geschehen, dass jede dahergelaufene Instrumentalist, und da gäbe es einige, die auf rein handwerklichem Gebiet wahre Meister seien, seine eigene Sicht auf ein klassisches Werk abliefern dürfe, ungestraft und ungerügt. Was nütze es aber der wahren Kunst, wenn ein Japaner oder irgendein Kaukasier, angetan mit phantasievollster Garderobe und wallendem Haupthaar, unseren Beethoven spiele, oder unseren Brahms oder unseren Mozart, und es diesen Kunsthandwerkern nur darum ginge, ein Feuerwerk an Akrobatik, in viel zu schnellen Tempi und viel zu laut abzuliefern, aufzufallen um jeden Preis und originell zu sein, wie ein Affe im Zoo, der ein Fähnchen schwenke. Was verstünden diese Asiaten denn von europäischer Musik? Gar nichts. So, wie wir nichts verstünden von deren Gesängen, die an das Kriegsgeschrei oder die Totenklagen von Indianern erinnerten. Doch, so dozierte der Schwager Fürchtegott weiter, die Instrumentalisten seien noch gar nichts und kleine unbedeutende Wichte gegen das, was sich auf den Opernbühnen abspiele. Jeder Verrückte, sei er in Behandlung oder nicht, könne heute Opernregisseur werden und das Publikum in Verzweiflung stürzen, so dass man aus der Oper nach *fünfstündiger Quälerei hinausginge, nichts verstanden hätte und die Musik ebenfalls auf der Strecke geblieben sei. Warum in drei Teufels Namen müssten denn Wagners Nibelungen im Smoking und mit Stahlhelm auf der Bühne herum springen, Coke trinken, die Weiber sich ekstatisch verrenken, auf die Bühne pinkeln und das alles vor einem Bühnenbild stattfinden, das Picasso nach der dritten Flasche Madeira nicht so gemalt haben würde. Alles geschähe doch nur, weil ein armer Irrer, Regisseur genannt, sein perverses Coming-Out haben müsse, weil es im Publikum immer wieder welche gäbe, die so dumm wären, diesen ganzen Schwachsinn toll zu finden und sich anderen, noch dümmeren gegenüber zu brüsten, dass sie das Stück und die Inszenierung verstanden hätten und dass man heute nur noch auf diese Weise moderne Oper machen könne. Und sie überträfen sich in Dummheiten und wunderlichen Aussagen, was der arme Komponist mit seiner Oper angeblich ausge-drückt haben wollte, einer ahnungslosen Nachwelt habe sagen wollen - also was er uns, so der Kritiker Fürchtegott Fiedler, mein Schwager, ins Stammbuch, in unser modernes, von MacDonalds und diesen Computern verseuchtes tägliche Stammbuchleben habe hämmern wollen und was wir nur diesen*

Regisseuren zu verdanken hätten, die allesamt schwul, moralisch verkommen und so weit von der wahren Werkskenntnis entfernt seien wie die Erde vom Mars, sie, die schon äußerlich durch exaltierte Kleidung, verrückte Frisuren, so sie überhaupt Haare hätten, und nicht mit Kahlköpfigkeit geschlagen seien, Pferdeschwänzchen hinten und vorne Glatze, Dauerwelle, Kaltwelle, Fönwelle und was sie ihren Hautauswüchsen alles antäten, die also, so mein Schwager Fürchtegott, um jeden Preis aufzufallen bemüht seien. Meistens könnten sie, gerade diese Opernregisseure, nicht einmal ein Instrument spielen oder fehlerfrei „Hänschenklein" singen, säßen wie die Götter während der Proben im Zuschauerraum herum, umgeben von Assistentinnen, die geschminkt und geschmückt seien, als ginge es zum Maskenball, und sie fühlten sich auch, diese Herren (merkwürdigerweise gäbe es kaum Damen in dieser Gilde!), wie die Götter, deren Ratschluss unfehlbar sei und sie überträfen sich gegenseitig an Borniertheit, Stumpfsinn und Selbstüberschätzung. Aber die Öffentlichkeit ertrüge es! Es sei unfassbar und ein himmelschreiender Skandal, besonders in Deutschland, in Österreich und in den unseligen Vereinigten Staaten habe dieses Opernregisseursunwesen wie die musikverwesende Pest zugenommen, bald könne man nicht mehr in eine Oper gehen und es täten ja sowieso immer weniger, so der Fürchtegott, bald ginge niemand mehr in diese Tempel der Vergewaltigung ernsthafter Kunst, bald seien sie zu Spielwiesen dieser Regisseure verkommen, die dann dort mit sich und ihrem Mummenschanz mutterseelenallein seien. Es sei wie im Märchen, alle, die ganze vernunftbegabte Zuschauerwelt wüssten, der Kaiser sei nackt, aber keiner sage etwas – alle wüssten heute, diese Regisseure seien Scharlatane und ihre Inszenierungen hätten nichts mehr mit dem Werk und der Botschaft des Werkes zu tun und dennoch sage keiner das wahre Wort wie im Märchen: Der ist ja nackt! – oder richtiger: diese Opern sind eine Barbarei, sind eine Verhöhnung des Komponisten und des Publikums! Und der Kritiker Fürchtegott, der auf diese Weise eine Probe seines Witzes, seiner Geisteskraft und seiner kritischen Schärfe zu geben bemüht gewesen ist, holte Luft, um zum nächsten Wortschwall anzusetzen.

Irene, die sich tatsächlich amüsiert zu haben schien, fragte ihn, er, als Kritiker, habe es doch in der Hand, solch einem Treiben ein Ende zu machen, indem er nur zu schreiben brauche, wie abstoßend und fürchterlich diese Opern gewesen seien, wie impertinent die Inszenierungen dieses oder jenes Regisseurs (und ihre Augen sprühten vor Vergnügen und Angriffslust). „Warum", so fragte Irene damals, „schreiben Sie nicht die Wahrheit? Diese Wahrheit, die Sie uns allen hier gerade so eindrucksvoll demonstriert haben." Ich stand neben ihr, mir klopfte das Herz. Vor Freude über ihren Witz und ihren Charme drückte ich ihr den Arm. Sofort habe ich ihren Gegendruck gespürt, wie sie sich mit ihrem Arm in meine Hand schmiegt, wie sie mit ihrer Haut meine Haut fühlt, wie ihre Sinne diese Berührung ersehnt, erfleht, gesucht haben und ich habe ein Dröhnen in meinen Ohren gehört und nichts von der Antwort des eifernden Kritikers. Wie in einer Zeitlupenaufnahme ohne Ton, stand ich in der Runde, in der die Zuhörer dicht gedrängt um den Bräutigam versammelt waren, nur Haut an Haut mit der bezaubernden Irene, ihr Arm in meiner Hand, Puls an Puls, eine Ewigkeit lang.

Und ich denke wieder an Irene, wie ich sie von dieser Berührung ab, nicht mehr allein gelassen habe und wie ich, wenn die Mutter mich wegen irgendeines Anlasses zur Organisationshilfe beim Fest weggerufen hat, Augenblicke später wieder an ihrer Seite gewesen bin, einem Rüden gleich, der nicht von seiner Hündin wegläuft, ständig die Nähe suchend, sich reibend an *ihr, Fühlung haltend, wollüstig und gierig. Und auch sie schien das zu wünschen, wie ich noch heute mit Gewissheit glaube, denn sie drängte sich an mich, wollte unterhalten werden, wollte alles wissen von mir und über mich, wollte lachen, lustig und ausgelassen sein, und als später die kleine, von meiner Mutter engagierte Band, eine Drei-Mann-Combo, hundertmal gehörte Schlager mit ihren etwas zittrigen Altmänner-stimmen sangen, hat sie mich an der Hand zur Tanzfläche gezogen, auf die Wiese, die Wege, unter die Lämpchengirlanden, überallhin, wo dazu Platz und Gelegenheit gewesen ist, mich beim Kopf genommen, mir die zierlichen, schlanken Arme um den Hals gelegt und ihre dunklen, unergründlichen Augen in mich versenkt, dass mir ganz beklommen geworden ist, und ich, der ich niemals fehlerfrei beim Tanzen die Füße im Takt nebeneinander setzen kann, der ich den Mädchen und Frauen immer die Schuhspitzen zertreten habe, ich konnte auf einmal tanzen, konnte meinen Körper im Takt rhythmisch bewegen, wusste, und bis heute weiß ich nicht, wieso ich es plötzlich von sofort an einfach so fertiggebracht habe, wusste mich nach der Musik zu wiegen, Wendungen und Drehungen zu machen und meine Partnerin graziös im Arm zu halten. Eine Sensation, sodass meine Mutter, die am Rande gestanden und alles und jeden beobachtet hat, mit ungläubigen, zweifelnden Augen zugeschaut hat. Es muss schon weit nach Mitternacht gewesen sein und ich weiß nicht, wie es im Einzelnen dazu gekommen ist, was wir, Irene und ich, vorher noch alles getanzt, gelacht, geschwatzt, gegessen und getrunken haben, bis wir uns plötzlich in der alten Dachkammer wiederfanden, in der ich, eingesperrt und gefesselt als Junge gesessen habe und über meine nicht begangenen Sünden nachzudenken hatte.*

Ich weiß noch, wie durch das kleine, schräge Fensterchen der Mondschein hereinfiel und alles in dieses fahle Geisterlicht getaucht hat, sehe diesen silbrigen Hauch auf Irenes Haut, sehe für einen kurzen Moment dieses Licht als wanderndes Pünktchen über ihre Augen huschen und flüchtig wie von der Seite leuchten diese Augen katzenhaft auf, ehe sie sich über mich beugt und mich mit Küssen bedeckt und dabei liebevolle, zärtliche Worte murmelt, ehe wir uns ineinander verschlingen, verknoten, uns um und um wälzen, schnell atmend, stöhnend, gierend und mit wallender, seliger Zärtlichkeit. Sie richtet sich auf und vom Mondlicht umflutet sitzt sie auf mir wie eine antike Göttin, eine geheimnisvolle Sphinx, und die Sekunden gerinnen zu

Minuten, Stunden, zur Ewigkeit und als ich sie wieder zu mir herabziehe, spüren wir wie unsere Körper im gleichen Takt schwingen, atmen, wie unsere Pulse, angetrieben von unseren schlagenden Herzen im gleichen Takt schlagen und wie dieser Gleichklang uns hinaufsteigen lässt, größer und mächtiger werdend, immer gewaltiger, bis zum Himmel hinan, wie unsere Seelen durch das Fenster zum Dach hinaus, ins All steigen, immer weiter, immer weiter – und bis sich schließlich diese Symphonie der aufsteigenden Lust, der Gleichklang der Seelen in einer sprühenden Fontäne entlädt, in einem Ausbruch glühender Lava sich fließend verbreitet und wir dann, nach endloser, zeitloser Dauer glücklich, endlos glückselig, ermattet von diesem grandiosen Aufstieg, erschlafft, aber von einem Zusammengehören, beseelt vom Gefühl ewiger Verschmelzung uns in den Armen liegend finden, plötzlich wieder als Einzelner aufeinander, nebeneinander, ich weiß es nicht mehr, die Erde, die kühlen Bretter der Dachkammer fühlen, den kühlen Hauch der durch Ritzen des Daches dringt frierend spüren und den muffigen Holzgeruch riechen. Und wir flüstern uns zärtliche Worte zu, schlingen uns in unserer Nacktheit wieder umeinander, niemals wieder und nicht vorher hatte ich eine solche Frau im Arm gehalten, ich würde nicht mehr von ihr lassen können und sie nicht von mir, diese Gedanken kreisten in meinem Kopf als ich flüsternd verriet, dass ich bei ihr sein wolle, zu ihr käme für dauernd, dass ich alle Widerstände, die es irgendwie geben könnte, niederreißen, alles, wirklich alles tun würde, um mit ihr zusammen zu leben. Sie küsste mich, nannte mich ihren kleinen Johannes, ihren kleinen Heiligen, gurrte und lachte leise vor Glück und Liebe, wie ich damals in dieser Dachkammer geglaubt habe, und es ist die schönste Nacht meines Lebens gewesen ...

Bis zu jenem Augenblick!

Denn plötzlich hörten wir ein Schlurfen, ein Schnaufen, ein Auftreten wie wenn jemand mit einem Fuß härter auftritt. Meine Mutter kam die Bodentreppe herauf. Offenbar hatte sie mich oder uns gesucht, nirgends gefunden und nun vermutet, wir könnten hier oben sein. Vielleicht hat sie auch noch irgendetwas für das Fest gebraucht, denn die Dachkammer lag voll mit allem möglichen. Ich habe mir darüber auch keine Gedanken gemacht, hatte keine Zeit mehr dazu, denn sie hat die Tür aufgerissen, mit der linken Hand an den Türpfosten gegriffen, um Licht zu machen und ist wie angewurzelt stehen geblieben, obwohl ich, der ich diese Teufelin gut genug gekannt habe, ihr in diesem Moment hätte ansehen müssen, dass sie sehr wohl damit gerechnet hat, uns hier oben zu finden, denn ihre Überraschung ist bloß gespielt gewesen.

Doch, was sollte dieses Wissen jetzt, es war ohne Nutzen. Ohne Besinnung hat sie sofort losgekreischt, so wie ich das von ihr immer schon erlebt habe: Was ist denn hier los? hat sie gerufen, nennst du das „Dich-um-die-Gäste-kümmern"? Da werden wir noch drüber sprechen! und zu Irene keift sie: Eine feine Besucherin, wirklich. Nehmen Sie ihre Siebensachen und verschwinden Sie! Ich will Sie hier nicht mehr sehen. Wie die Tiere! Am Tage der Hochzeit, die Gäste alle noch unten. Dass Sie sich nicht schämen!

Sprachlos und entsetzt haben wir dagesessen, hilflos und ernüchtert. Wortlos haben wir uns, nachdem die Mutter wieder hinunter gestapft ist, angezogen, sind hinabgestiegen und haben uns verabschiedet. Irene ist noch in dieser Stunde zum Bahnhof gefahren, hat eine Karte nach Mehlem/Bad Godesberg gelöst, hat mehrere Stunden in der kalten Bahnhofshalle gewartet und ist dann am Morgen müde und blass zurückgefahren. Ich wollte sie begleiten, aber sie hat abgewunken und nur gesagt, ich soll sie anrufen und mit einem Lächeln in ihren enttäuschten Augen – Geh zu Deinen Gästen!

In dieser Stunde habe ich, nach meinen Kinder-phantasien, in denen ich mir den Tod der Mutter vorgestellt, ausgemalt und mit den ausgefallensten Methoden ersonnen hatte, zum ersten Mal wirklich vorgenommen, meine Mutter umzubringen; damals und von da ab ist dieser Plan, der zuerst wie verschüttet gewesen ist und gar kein richtiger Plan war, wieder und wieder aufgetaucht und mit der Zeit ist er gewachsen, gereift wie eine dunkle unheilvolle Wolke, wie ein wiederkehrender alles beherrschender Nebel, bis... – Oh, ich habe sie zu gut gekannt und wusste, sie konnte nichts vergessen, nichts und niemals verzeihen wie ein Elefant, der vor langer Zeit einmal den Knüppel gespürt hat, und so bin ich mir sicher, dass meine Mutter sich mit dreißigjähriger Verspätung an mir gerächt hat als sie mich in der Dachkammer aufgespürt hat, mich und meine über alles geliebte Irene, weil sie sich an mir als einem Zeugen, einem überraschten, konfrontierten, aber unschuldigen Zeugen dafür rächen wollte, dass ich ihre Untreue, ihren Verrates, ihre böse Tat seinerzeit mitangesehen habe, dass ich, obwohl noch ein Kind damals, dennoch wissend und erkennend gewesen bin. Damals vor dreißig Jahren. Und ich denke wieder zurück wie ich an meinem dreizehnten Geburtstag, oder richtiger am Tage danach, in zerknittertem Schlafanzug über den Flur gegangen bin, die Haare wirr und noch den Schlaf in den Augen, am Morgen um acht, und wie mir da plötzlich der mächtige, gewaltige Herr Persick in den Weg getreten ist und den Vorrang zur Toilette beansprucht hat, schweigend zunächst, mürrisch und verkatert, nur wegen seiner Körpergröße und weil er der Gast gewesen ist bei der Mutter, der über Nacht geblieben war, der bedeutende Herr Persick, der Genosse Persick wie man damals zu sagen hatte...

Schon Wochen vorher hat sie, die Mutter, von diesem Genossen Persick gesprochen, als von einem gebildeten, klarsichtigen Menschen und "Genossen" wie sie immer wieder gesagt hat. Sie sprach davon, seit sie diesen Lehrgang an der Parteischule besucht hatte. Dass sie auch dieser Partei angehört hat, dieser Einheitspartei habe ich erst im Zusammenhang mit ihrer „politischen Weiterbildung", wie es zu heißen hatte, erfahren. Freilich wusste ich, dass Vater gleich nach dem Krieg, aus seinen Erfahrungen als Frontsoldat, wie er sagte und wie er immer ganz fest geglaubt hat, und damit von Deutschland niemals wieder Krieg und Nazismus ausgehen solle, damit Frieden und eine gerechtere Ordnung entstünde, dass der Vater also in diese Partei eingetreten war, zusammen mit seinem Schwiegervater, meinem Großvater Albert, der als ehemaliger Sozialdemokrat mehr oder weniger „gezwungen freiwillig", wie er einmal selbst gesagt hat, auch zu denen übergetreten ist. Doch dem Vater habe ich das Wenige, was er vom Krieg und seiner Gefangenschaft erzählt hat, geglaubt, es war glaubwürdig, was er berichtete und man konnte auch als Kind diesen Gedanken folgen und sie für gerecht und folgerichtig halten, weil er das Fürchterliche des Krieges am eigenen Leibe erlebt und erlitten hatte, weil ihm in Russland drei Zehen abgefroren sind und weil er in Jugoslawien einen Oberschenkeldurchschuss bekommen hat, weil er tagtäglich sein Leben in diesem sinnlosen Krieg für Deutschland und und seinen Führer gewagt hat und weil er nun wollte, dass so etwas nie wieder passiere, ihm nicht und niemand anderem auch. Deshalb habe ich ihm geglaubt und seinen Entschluss, jetzt einmal politisch auf der richtigen Seite stehen zu wollen, verstanden, auch mit zehn oder zwölf oder dreizehn Jahren habe ich das begriffen. ja und es war auch Stolz in mir, dass mein Vater solche Folgerungen gezogen hat und sich aus Überzeugung und mit ehrlichem Herzen einsetzte für das Neue, was versprochen wurde, wieder und wieder, und was immer mehr Gestalt anzunehmen schien, in diesen ersten, den fünfziger Jahren bis zu jenem August im Jahre einundsechzig. Und er hat auch nie damit geprahlt, dass er jetzt der „Arbeiterklasse" und „ihrer führenden Kraft", wie es zu nennen war, angehörte, einer Kraft, die zu bestimmen gehabt hat und die, wie mir meine Mutter während ihres Lehrganges diese „Klasse" als die vorgelesen hat, die nichts als „Ihre Ketten" zu verlieren hätte und die „zur führenden Kraft" berufen sei. Für meinen Vater ist das alles irgendwie normal und folgerichtig gewesen, ohne Pathos, ohne diese ins Übergroße gesteigerte Heldenrolle, die meine Mutter aus ihrer Zugehörigkeit zu dieser Partei abgelesen hat. Doch, wie ich dachte, ist das alles aus ihr erst während dieses Lehrganges hervorgebrochen, es war, als ob sie sich erst jetzt bewusst geworden wäre, dass sie zu den Siegern und Führern in diesem Staat gehörte, dass sie durch ihre Mitgliedschaft in dieser Einheitspartei und besonders durch dieses politische Studium zur Elite gehörte, die das Privileg hätte, alles, und besonders alles besser zu wissen als der unwissende Rest, als „die Masse", wie sie zu nennen war, eine Masse, die berufen gewesen sein sollte, immer nur zu führen, anzuführen, vornweg zu marschieren und herablassend auf die große Mehrheit der Geführten und Geleiteten zu blicken. Und im Gegensatz zu meinem Vater, der nie irgendwelche Schlagworte und Begriffe aus der Politik, genau wie mein Großvater Albert, verwendet hat, sondern immer bildhaft und einfach aus seiner Erfahrung und der ableitbaren Vernunft gesprochen hat, war es meine Mutter, die, seit sie diese „politische Weiterbildung" absolvierte hat, am Abendbrottisch, bei Spaziergängen, bei den einfachsten Hausarbeiten, selbst bei der Kontrolle unserer Schulaufgaben, unverständlichste Begriffe und „Schlagworte", die der Großvater immer abwinkend als „Totschlagworte" bezeichnet hat, ausgesprochen hat, Worte, wie die „von einem Gespenst, das umginge in Europa" oder „die Expropriation der Expropriierten" (was ich bis heute nicht verstanden habe) oder dass es „revolutionäre Situationen" gäbe oder „die Mehrwerttheorie" oder „die Lehren aus der Pariser Kommune", wovon ich auch schon in der Schule gehört hatte, oder „die zwei Taktiken der Sozialdemokratie" oder „herrschende Klasse" oder „Bourgeoisie" und so weiter, und sie hat darüber gesprochen, dass es um die Grundlagen und den Aufbau des Sozialismus in unserem Land ging und dass wir uns gegen die Kapitalistenknechte verteidigen müssten, dass wir unsere „Ideologie" rein und wahrhaftig zu halten hätten, weshalb sie mir den ersten und zweiten Band von Karl Mays „Old Surehand" weggenommen hat, obwohl die gar nicht mir, sondern einem Freund gehört haben, und sie in den Küchenofen gesteckt hat, mehrmals mit dem Schürhaken nachstochernd, und weshalb sie „kapitalistische" Klaviernoten, wie Bing Crosbies „Swing and Sing"-Album, was der Vater aus der Gefangenschaft mitgebracht hatte, ebenfalls diesem Feuer überantwortet und verächtlich als „Westmusik" oder „Hotmusik" bezeichnet hat. Ja, sie hat andauernd davon gesprochen, dass sie linientreu sei und „die führenden Genossen", wie sie zu nennen wären, liebe und ihnen vollstes Vertrauen schenke, bei allem, was sie täten und was sie in ihrer großen Weisheit dem Volke an Glück brächten ...

Was sie mit dieser Liebe wirklich gemeint hat, habe ich dann am Beispiel des bedeutenden Genossen Persick erfahren, von dem sie häufig und in letzter Zeit immer häufiger gesprochen hatte, so dass wir glauben mussten, ohne diesen Persick ginge weder bei uns noch sonstwo auf der Welt irgendetwas erfolgreich vonstatten, der aber, ohne dass ich es hätte wehren können, plötzlich als Gast zu meinem dreizehnten Geburtstag erschienen war. Womit es zusammenhing, ob es daran gelegen hat, dass er Sekretär der Kreisleitung gewesen ist und meine Mutter den Lehrgang „mit besonders großem Erfolg" abzuschließen vorhatte, wenn sie sich solcher Unterstützung versicherte, oder ob es daran gelegen hat, dass mein Vater wieder einmal zu einer längeren Dienstreise aufgebrochen war oder dass Großvater Albert ganz plötzlich zu Verwandten ins Erzgebirge fahren musste, nein, womit es wirklich zusammen-hing, habe ich nicht erfahren und das habe ich mir damals auch nicht, sondern erst viel später denken können.

Jedenfalls thronte der mächtige Genosse Persick nun an unserer Kaffeetafel, mitten unter meinen Schwestern und ein paar Schulfreunden, die gekommen waren und die ich, nach vorheriger peinlicher Namensnennung, habe auswählen dürfen, wobei meine Mutter einige, darunter meinen Lieblingsfreund, den Jürgen Manesilber, und auch meinen zweitbesten Freund, den Bernd Reichenau, von der Liste gestrichen hat, weil sie nicht „zuverläs-sig", wie es genannt wurde, nämlich nicht linientreu wären; der eine, weil sein Vater eine kleine

Schraubenfabrik besaß, also Kleinkapitalist war, der andere, weil sein Bruder wegen „vollendeter Sabotage gegen die sozialistische Ordnung" im Gefängnis Bautzen, dem „gelben Elend", einsaß. Solche „Elemente", hat die Mutter gesagt, könnten bei uns nicht verkehren, wenn wir den Genossen Persick zu Gast hätten. Und dann hat sie kleine Tischfähnchen gebastelt, rote und schwarz-rot-goldene, natürlich mit Ährenkranz, Hammer und Sichel, und sie auf den Geburtstagstisch gestellt. Auch, uns an den Händen haltend, mussten wir zu Beginn aufstehen und den großen, bedeutenden Genossen Persick, den Sekretär der Kreisleitung, begrüßen. Nur als meine Mutter gefragt hat, ob es der große, liebe Genosse wünschte, dass wir zu Beginn sein Lieblingslied, das berühmte Lied, welches auch das Lieblingslied des großen Joszef Wisarijonowitsch Stalin gewesen ist, das Lied „Suliko", singen sollten, hat er seinen großen, bedeutenden Kopf geschüttelt, denn (doch das haben wir damals nicht richtig gewusst) die Zeit dieses großen Führers war damals, als ich meinen dreizehnten Geburtstag feierte, schon fast zehn Jahre vorbei und es hätten ja die Nachbarn durch die offenen Fenster oder sonstwer hören oder die Kinder zu Hause erzählen können, obwohl, wie ich weiß und später erfahren habe, dieser

Genosse Persick bei seinen feucht fröhlichen und pathetisch rührseligen Besuchen beim dritten sowjetischen Garderegiment, zu dem er enge waffenbrüderliche Beziehungen zu unterhalten hatte, sehr oft nach dem Entkorken der ´zigsten Flasche echten russischen Wodkas eben gerade dieses Lied angestimmt hat und man sich dann mit geröteten, verschwitzten Gesichtern, tränenfeucht in den Armen gelegen hat, denn man trauerte noch immer um den großen Führer, unter dem man noch wer gewesen sei und dessen unumschränkte Macht, die Macht der Arbeiterklasse, man genießen durfte. Doch meine Geburtstagsfeier war keine militärische Zusammen-kunft. Also haben wir nichts gesungen. Aber die Mutter hat organisiert, dass wir Kinder alle, und ich als Geburtstagskind zuerst, nacheinander aufstehen und dem Genossen Gast berichten mussten, welches unsere Leistungen in der Schule und was für Verpflichtungen wir in der Pionierorganisation „Ernst Thälmann" übernommen hätten, was unsere Pionierfreundschaft erreicht hätte im sozialistischen Wettbewerb aller Pionierfreundschaften, und ob und wann wir, die Dreizehnjährigen, schon unseren Aufnahmeantrag in die Jugendorganisation „Freie Deutsche Jugend", die „Kampfreserve der Partei", wie sie hieß, gestellt hätten. Und wir riefen zum Schluss unserer Berichte das Wort „Freundschaft", grüßten mit der Hand über dem Scheitel wie es Sitte und Pflicht war und rückten den Halstuchknoten zurecht, denn alle trugen wir das rote Halstuch der Thälmann-Pioniere. Mutter lächelte zufrieden und schaute den bedeutenden Genossen Persick mit einer Unterwürfig-keit an, die ich an ihr sonst niemals bemerkt habe. Dieser saß groß und mächtig auf Vaters Stuhl und hat uns milde und gnädig angelächelt, um dann ein paar Worte an uns zu richten, zuerst an mich, sein liebes Geburtstagskind, den Sohn seiner lieben Genossin Wendrich, seiner lieben Anne, wie er sie auch vor uns allen nannte, dann an die anderen anwesenden Thälmannpioniere und er hat uns „Kampferfolge" gewünscht, Erfolge beim Aufbau des Sozialismus, zu dem wir als Sieger der Geschichte gehörten. Später dann, am Abend als wir ins Bett geschickt wurden, und alle meine Gäste gegangen waren, hat meine Mutter mit dem bedeutenden Genossen Persick noch Lehrstoff und die Klassiker aus ihrem Lehrgang durchgenommen, wie sie gesagt hat, und dabei haben einige Flaschen Karpatenfeuer ihre roten Köpfe verloren und am anderen Morgen noch als geleerte grünbäuchige Hohlkörper auf dem Fußboden verstreut gelegen.

Mitten in der Nacht dann, ich war schon eingeschlafen, bin ich von dem Gekreisch meiner Mutter aufgewacht und ich habe vom Flur aus durchs das Schlüsselloch gesehen wie der bedeutende Genosse Persick auf meiner Mutter gekniet hat, wie er dabei gerufen hat „hüh, meine rote Anne" und wie sie gejauchzt und gewimmert hat wie ich sie so noch niemals jauchzen und wimmern gehört habe. Plötzlich jedoch, als ich aus Versehen einen Stuhl umgestoßen hatte, kam sie herausgestürzt aus dem Zimmer, mit zerwühltem Haar, und nur im offenen Hemd und ohne Schlüpfer. Da hat sie mich gepackt und wie einen alten Teddybär geschüttelt, hat gebrüllt, was ich hier wolle und ob ich was gesehen hätte und dass mich das gar nichts anginge und dass ein derartiges Verhalten Folgen haben würde. Ich habe geschwiegen, den Mund fest zugepresst, habe mich schütteln lassen und bin zurück in mein Zimmer gerannt, wo ich auf dem Bett geheult habe, bis ich wieder eingeschlafen bin. Als ich am anderen Morgen dann dem Genossen Persick den Vortritt auf der Toilette lassen musste, hat mich dieser aus seinen verquollenen Augen nur misstrauisch angeblinzelt, dann aber gelacht, mir mit seiner Pranke auf die Schulter gehauen und ausgerufen „Das war eine Nacht, was, du Thälmannpionier – ha, ha, ha?" Meine Mutter aber hat diesen Humor nicht gehabt. Tagelang ist sie mit verschlossenem, bitteren Gesicht umhergegangen und ich habe den Eindruck gehabt, sie belauerte mich, ob ich nicht irgendetwas über dieses nächtliche Erlebnis, über meine Zeugenschaft, verlauten ließe, dass irgendetwas ruchbar würde, dass ich dem Großvater berichte oder den Schwestern oder gar in der Nachbarschaft oder in der Schule den Mund nicht halten oder selbst dem Vater gegenüber von den nächtlichen Exzessen, der als Fortbildungsabend getarnten Orgie, erzählen könne. Doch, da hat sie sich in mir getäuscht, da hat sie nichts gewusst von der Seele ihres dreizehnjährigen Sohnes, denn nichts habe ich gesagt, zu niemandem, auch nicht zu Großvater Albert, obwohl der vielleicht nach dem Vater das größte Recht auf die Wahrheit gehabt hätte. Nein, geschwiegen habe ich und selbst die Folter oder die süßesten Versprechungen würde mir nichts entlockt haben, denn ein maßloses Entsetzen hat mir den Mund verschlossen und mein Herz wie mit Beton versiegelt, andauernd, besonders, wenn ich nachts allein im Bett gelegen habe, oder plötzlich, mitten zwischen den Zeilen, wenn ich ein Buch gelesen habe, hat mich der Gedanke angesprungen, meine Mutter habe den Vater mit diesem widerlichen Persick, mit diesem Genossen Persick, betrogen und sie hätte ihn ja nicht nur geküsst oder umarmt, sondern sie habe sich von diesem Fleischberg auf die obszönste und ekelhafteste Weise begatten lassen, wie ein primitives Marktweib, wie die abstoßende, schlampige Nachbarin namens Aetner, die Mutter eines meiner Klassenka-meraden, des rothaarigen Peter Aetner, eine Frau, die immer mit den halbbesoffenen Fahrern von der Müllabfuhr herumgeknutscht hat und sich begrab-schen ließ in der stinkigen, dunklen Eckkneipe, im „Jacobihof", ein Lokal, in das ich an manchen Abenden geschickt wurde, um mit einer Milchkanne zwei Liter Fassbier zu holen. Denn der fürchterliche Gedanke ließ mich wochenlang nicht los, dass meine Mutter, von der ich trotz all ihrer Strenge und Gnadenlosigkeit immerhin überzeugt gewesen bin, dass sie eine gebildete Frau mit Manieren gewesen sei, und von der ich nun erleben, mit eigenen großen, erstaunten Jungenaugen sehen musste, dass sie es trieb wie ein übles, verkommenes Tier, ein Fabrikweib, von denen es hieß, dass sie sich in der Kantine oder im Werkzeugschuppen von jedem Hilfsarbeiter bespringen ließen - so eine ist sie also gewesen, dachte ich damals wochenlang, monatelang, ja bis heute hab ich das immer wieder gedacht, so eine, die es hinter dem Rücken meines armen Vaters mit diesem Parteifunktionär trieb. Wenn mein Vater auch ein schwacher Man gewesen ist, der immer nur nachgegeben hat und der Mutter in allem nach dem Munde geredet und der fast niemals eine eigene Meinung vertreten hat, der in der Küche mit einem Wischtuch vor den Bauch die Gläser getrocknet hat, während seine Frau die Beschlüsse der siegreichen Partei gelesen hat und das Kommunistische Manifest, der im Garten geharkt hat, wenn er da war, zwischen seinen fortwährenden Dienstreisen, der ihr auch manchmal einen Strauß Blumen mitgebracht hat oder eine Schachtel Konfekt oder ein Mitbringsel von seinen Reisen; wenn dieser schwache Mann auch nicht so ein Heldentyp wie der Genosse Persick oder wie die Schauspieler gewesen ist, die meine Mutter verehrt hat, als sie vor unserem ersten Fernseher, namens Dürer mit einem Bildschirm wie eine Postkarte, gesessen und geschwärmt hat, so ist er doch immer anständig, ehrlich und ein einfacher Mann geblieben, den man, wie ich damals dachte und wie ich heute noch immer denke, nicht so habe behandeln dürfen wie es meine Mutter hinter seinem Rücken getan hat, obwohl sie die erste Zeit, nachdem das mit dem Persick vorgekommen ist, ihn, den Vater, wie einen Ehrengast beschmeichelt und umlächelt hat und er andauernd sein Lieblingsessen, Kasslerbraten mit Sauerkraut zu essen bekam, und frisches Bier und eine Zigarre zum Abend. Und ein frisch gebügeltes Hemd hat sie ihm herausgelegt am Morgen, wo er doch sonst immer geflucht hat, dass er keine sauberen Hemden im Kleiderschrank fände, und die Schuhe waren geputzt wie es sonst nur am Wochenende vorkam. Ich dachte, während ich mir die Lippen zerbiss und eisern schwieg, dass er es doch merken müsse, dass etwas nicht stimme, aber er hat nichts gemerkt oder, wie ich jetzt überlege, er hat sich vielleicht bloß nichts anmerken lassen und gute Miene zum bösen Spiel gemacht; und auch später, als die Mutter dazu übergegangen war, den gewaltigen, mächtigen Genossen Persick ganz offiziell in unser Haus einzuführen, ihn an Samstagen oder Sonntagen einzuladen, mit ihm und dem ahnungslos-ahnungsvollen Vater und dem unwissend-wissenden Großvater Albert stundenlang Rommé-Partien oder Skat oder Doppelkopf zu spielen - nichts hat er gemerkt, der Vater, oder nur so getan oder sich wirklich geehrt gefühlt, dass dieser Parteimann bei uns verkehrte und manchmal haben sie auch politische Streitgespräche geführt, wobei es bald zwei Parteien gegeben hat: auf der einen Seite die Mutter und der Persick, auf der anderen mein Vater und Großvater Albert, die sozialdemokratische Fraktion, wie der bedeutende Genosse abfällig gesagt hat. Nein, nichts hat mein Vater bemerkt oder sich anmerken lassen, dass der ständige Gast seiner Genossin Anne kleine Geschenke mitbrachte, geschmacklose Ehrengeschenke wie silberne Sowjetsoldaten mit blinkendem roten Stern, nachgebildete Kremlansichten aus Aluminium und Matroschkas in allen Varianten. Und gerade diese Holzpuppen, die dann unsere alte Nussbaumvitrine geehrt haben mit ihrem Draufstehen und später, als es immer mehr wurden, auch auf den Kommoden, den Schränken, selbst in der Küche abgestellt wurden. Einen ganzen Abfallkubel hat die Mutter im Jahre Neunundachtzig gefüllt mit diesen Geschenken, Geschenke, die nun nicht nur wertlos, sondern jetzt auch politisch verräterisch und nicht mehr zeitgemäß gewesen sind, die also verschwinden mussten, spurlos und lautlos, wie es zu geschehen hatte. Und der Vater hat auch nichts gesagt, als es eines Tages spät geworden war und der hohe Genosse Gast darum gebeten hat, bei uns zu schlafen, weil er auch, wie er sagte, um diese Zeit, seinen persönlichen Fahrer, den er sonst immer draußen warten ließ und der höchstens manchmal bei uns in der Küche oder in den Kinderzimmern mit herumgesessen hat und der Musik, die ja bei uns immer irgendwie zu hören gewesen ist, gelauscht hat, andächtig, wie er sagte, weil er diesen Fahrer nicht mehr länger wegen der Überstunden, hat warten lassen können. Und so hat der Genosse Persick dieses erste Mal ganz öffentlich, familienöffentlich sozusagen, bei uns geschlafen und ich weiß nicht, ob er es gewagt hat, die Mutter nachts zu besuchen, was möglich gewesen wäre, denn die Eltern schliefen zu dieser Zeit wegen der Schnarcherei meines Vaters, schon nicht mehr in einem gemeinsamen Zimmer, ich weiß nur, dass der mächtige Genosse von da an bis zu meines Vaters Tod, oder bis ein paar Jahre davor, was ich nicht mehr so genau weiß, auf alle Fälle bis er eines Tages ganz plötzlich nicht mehr zu sehen war und man nie wieder etwas von ihm gehört hat, weil er ein paar Monate vor dieser sogenannten Wende abberufen worden ist aus seinen Ämtern, wie es hieß, weil man ihn „in die Wüste" geschickt hat, wie meine Mutter damals verärgert gesagt hat, worauf ich aber noch zu denken kommen werde; jedenfalls ist dieser große Genosse damals häufig in unserem Hause geblieben so als gehöre er zur Familie, was mir für diese ganze Zeit den Mund verschlossen hat, denn immer wieder sah ich dieses Bild des knieenden Persick mit seinem nackten, rötlichen Hintern und den rötlich behaarten Beinen, wie er kniete auf oder über meiner Mutter und wie sie betrunken lallten, in einem Bacchanal, in einer Orgie gemeinsam, ringsum verstreut die Kleider, die Kissen und die leeren Weinflaschen, und immer wieder dachte ich voller Ekel und Abscheu wie schlimm es doch wäre, dass ich so eine Mutter hätte. Doch die hat ihre Parteizugehörigkeit, die Zugehörigkeit zur führenden Macht, wie es genannt wurde, vorsichhergetragen als stolze Fahne, hat in der Nachbarschaft, beim Einkaufen und bei den Elternabenden in der Schule, selbst bei den Vorspielabenden der Schwestern so getan als sei sie mit den höchsten Weihen geehrt, als habe sie Kenntnis von politischen Geheimnissen und von Beschlüssen, die die Partei, ihre Partei, demnächst öffentlich verkünden werde und nur sie, meine Mutter wisse davon, und die anderen seien ahnungslose Dummköpfe. Auch das Parteiabzeichen ist in dieser Zeit immer mehr an die Oberfläche gewandert und größer geworden. Trug sie dieses kleine ellyptische Schild erst selten oder gar nicht oder nur am Reverts einer Kostümjacke, sah man es jetzt größer geworden, fast von der Größe einer mittleren Münze, schon auf dem Mantelaufschlag, an allen Mänteln und Jacken, an Anoracks und selbst am Badeanzug hätte sie es getragen, wenn es möglich gewesen wäre. Und dann haben wir auch immer mehr Fahnen gehabt. Zuerst gab es nur eine rote, die mein Großvater Albert noch aus der Nazizeit, wie er sagte, gerettet hätte, doch mit Mutters Aufstieg zu den Höhen der marxistisch-leninistischen Partei kamen auch die Fahnen, die wir auf dem Höhepunkt ihrer politischen Tätigkeit, als sie ehrenamtliches und gewähltes Mitglied der Kreisleitung ihrer Partei gewesen ist, aus allen Fenstern unseres Hauses haben hängen können, selbst aus Etagen- und Treppenfenstern und aus den Fenstern der Toilette und des Bades oder aus den ungefähr zehn Bodenfenstern hätten wir Fahnen hängen können, wenn es gewünscht gewesen wäre, so viele sind es mit der Zeit geworden, wobei die roten in der Minderzahl gewesen sind und nur die schwarz-rot-gelben haben den Hauptanteil gestellt, natürlich alle mit Emblem, mit diesem Ährenkranz, dem Zirkel und dem Hammer und der Sichel, so dass die Mutter im Jahre Neunundachtzig, als die Wende über ihrem politischen Höhenflug hereingebrochen war, ein Herbstfeuer abgebrannt hat, denn in einen Kübel wie die sowjetischen Ehrengeschenke, hat sie die riesigen Stoffmengen nicht tun können. Das wäre nicht gegangen, auch nicht, wie sie zuerst gewollt hat, dass sie aus allen Fahnen dieses Staatsemblem herausschneidet, so wie es überall zu sehen war im Fernsehen. So sind sie also alle verbrannt worden und nur eine rote, die von meinem Großvater Albert, die er seinerzeit gerettet hatte, habe ich retten können, nicht, weil ich es etwa aus politischer Überzeugung getan hätte, sondern nur, weil ich an meinen Großvater Albert gedacht und mir überlegt hatte, was er denn getan haben würde, wenn er diese Zeit noch erlebt hätte...

ಌ

Der Mann blieb noch eine Weile in derselben Stellung sitzen, dann erhob er sich vom Küchentisch, der Hunger war nun doch so halb und halb zurückgekehrt und er begann das Frühstück zu bereiten. Indes, wenn auch der Hunger sich gemeldet hatte, so war die wahre Lust am Frühstück nicht mit ihm zurückgekommen.

Und so kaut er auf dem Brötchen ohne Genuss, trinkt den Kaffee hastig hinunter, erhebt sich dann und geht in die Garage. Erst steht er eine Weile, die Hände in den Taschen, und schaut auf sein Auto, einen VW-Passat älteren Baujahres. Schließlich bückt er sich, betrachtet den angetrockneten Lehm in den Radkästen, die verschmutzten Reifen, schüttelt den Kopf. Er öffnet den Kofferraum, nickt zufrieden und verschließt ihn wieder. Ein paar Minuten noch steht er unschlüssig neben seinem Auto, bis er mit einem Seufzer die Garagentür von innen öffnet, in den Wagen steigt und rückwärts herausfährt. Gewissenhaft verschließt er die Garage, rangiert auf die Straße, hält an, steigt aus, um das Gartentor zu verriegeln.

Plötzlich steht ein Mann neben ihm. Grauhaarig, in einem hellen Mantel, mit einem Regenschirm in der Hand. Er wohnt in einem der Nachbarhäuser der Siedlung. Er sagt erst nichts, schaut zu, wie das Gartentor geschlossen wird, dann spricht er:

Na, schön´Tach Herr Wendrich. Wie geht´s mit der Renoviererei? Viel zu tun in so einem alten Haus.

Der Angesprochene nickt mürrisch und geht zu seinem Auto.

Muss noch Farbe holen, sagt er, Farbe und Binder, der Vorrat reicht nicht.

Ja, ja, antwortet der andere, man verkalkuliert sich bei so ´ner Sache. Geht´s denn der Mutter gut? Sie ist verreist, nicht wahr?

Der Mann, von dem wir wissen, er heißt Wendrich, ist schon an der Autotür, er öffnet sie und sagt im Einsteigen: Sicher wird es ihr gut gehen. Besser, als mir und als sie gedacht hat. Doch, Sie verzeihen, ich hab wirklich keine Zeit! Adieu!

Und er knallt die Wagentür zu, lässt den Motor an.

Der Mann draußen auf dem Gehweg sieht nachdenklich zu, dann hebt er die Hand zum Gruß und geht davon. Wendrich, im Auto, fährt los, und er nimmt zuerst tatsächlich den Weg zum Baumarkt, doch dann biegt er ab und fährt hinaus aus der Stadt. Es ist regnerisches Wetter. Ein trüber Tag. Immer wieder kleinere Schauer. Andauernd muss er die Scheibenwischer einschalten. Er fährt, ohne es bewusst zu wollen, dem Wald mit der Schachtanlage zu, wo er, vor ein paar Stunden erst, den blauen Müllsack mit der toten Mutter abgeladen hat.

Er fährt, wie von einem inneren Antrieb gesteuert, genau diesen Weg.

Er weiß nicht warum. Er kann es sich nicht erklären und er denkt auch nicht drüber nach. Wie in der Nacht, hält er am Waldrand an, parkt den Wagen auf einem kleinen, manchmal von Pilzsuchern oder Forstarbeitern benutzten, sogenannten wilden Parkplatz. An seinem Rand liegen ein paar in Meterstücken zersägte Fichtenstämme. Manche schon mit Moos bewachsen. Sie müssen schon länger hier liegen. Dieser Platz, das weiß er, wird selten genutzt. Vielleicht wissen die Forstarbeiter schon selber nicht mehr, dass hier noch Holz liegt, denkt er. Ein einsamer Ort. Auch jetzt ist sein Wagen das einzige Fahrzeug, das hier steht. Er sieht keine Spuren von anderen Fahrzeugen. Er schaut sich um, ob die eigenen Reifenspuren von letzter Nacht noch erkennbar sind. Nein, er sieht nichts. Das niedrige kümmerliche Gras, das den Platz bedeckt, hat sich wieder aufgerichtet. Er nimmt einen Korb aus dem Auto, einen Flechtkorb wie ihn die Pilzsucher haben, schließt dann den Wagen ab, geht auf einem schmalen, halb zugewucherten Pfad in den Wald hinein.

Die Ruhe des Waldes, das ferne Rauschen der Bäume und die kühle, würzige Luft versetzen ihn in eine Stimmung, die das Nachdenken fördert. Er setzte einen Schritt vor den anderen, sagt zu sich: Ja, Farbe muss ich auf dem Rückweg mitbringen. Farbe und Binder. Ich muss das Zeug vor dem Haus oder vor der Garage absetzen. Man soll es sehen. Unbedingt sehen, dass ich das Haus renoviere.

So geht er vorwärts, mit dem Korb in der Hand.

Manchmal blickt er zur Seite, versucht Zweige zu erkennen, die er in der Nacht mit seiner Last abgeknickt haben könne, aber er vermag nichts auszumachen, was darauf hindeutet. Ab und zu sieht er nach oben, wo sich über dem Weg die Baumwipfel berühren, wie dünne, manchmal unterbrochene Silberfäden kommt von dort der Regen herab.

Plötzlich fällt ihm eine Melodie von Mozart ein, er summt sie, doch bricht er bald ab. Es scheint ihm unpassend jetzt Mozart zu summen.

Weiter lief der Mann durch den Wald. Keine bestimmten Gedanken kamen ihm, nur Bruchstücke, Gedanken, Erinnerungen, Ideen. Auf einmal blieb er stehen. Was war das? Mit einem Schlag begann er eine furchtbare Angst zu spüren. Als ob sie ihn hinter einem Baum gewartet und ihn nun angesprungen hätte, ihn umklammert hielt.

Er dachte an den Blutfleck in der Küche.

Wenn sie nun gar nicht tot wäre, die Mutter? Wenn sie sich nun befreit hätte oder irgendwer ihr geholfen hätte? Und sie läge jetzt auf der Lauer, wolle ihn, wie schon immer, in den Wahnsinn treiben. Die Schritte auf dem Dachboden. Der Blutfleck.

Immer wieder dachte er an diesen verfluchten, dunkelroten Fleck.

Er sah ihn vor sich, glänzend, wie aus einer Rotweinflasche ausgelaufen. Aber es war kein Rotwein, es war Blut. Er hatte es berührt, er hatte es gekostet. Nein, Blödsinn, was er sich da zusammen-reime, das sei kompletter Unfug. Natürlich war die Mutter tot. Er selbst hatte sie doch ... Unmöglich, dass sie aus dem Brunnenschacht herausgeklettert und sich befreit hätte.

Er lief, allmählich immer schneller werdend, auf dem Waldweg. Schon sah er die Umrisse der Schachtanla-ge, links in den Büschen befand sich der Brunnen. Er bog Zweige zur Seite, stieg über abgebrochene Äste. Lief schwer atmend. Dort, endlich war der Brunnen. Von schwärzlichem Grau, halb eingefallen, bemoost, aus Natursteinen gefügt. Er rannte hin, beugte sich über den brüchigen Rand, starrte in die dunkle, bodenlose Tiefe. Dann nahm er einen kleinen Stein, ließ ihn hinunterfallen, lauschte. Es dauerte ein paar

Sekunden bis er einen dumpfen, patschenden Ton hörte, es klang, als ob der Stein in Wasser gefallen wäre. Aber nicht in tiefes Wasser, sondern in eine Pfütze. Er überlegte, ob er sich ein Seil und eine Lampe besorgen, ob er in den Schacht hinabsteigen sollte. Er fühlte wie ein unstillbarer Drang in ihm wuchs, gerade dies zu tun, wenn nicht jetzt, dann später – morgen, übermorgen, auf alle Fälle bald, sehr bald. Ja, in diesem Moment, als er den Stein aufschlagen hörte wusste er, wie dieser Stein, so würde auch er hinunter müssen. Er musste sich überzeugen, ob sie noch dort unten läge, die tote Mutter.

Er wusste, er würde zu ihr hinab müssen. Ja, vielleicht morgen schon.

Denn dieser Frau war selbst im Tode nicht zu trauen. Er sah sich um. Er wollte sich ausruhen, nachdenken. Da war ein morscher Stamm. Er lief auf ihn zu, setzte sich, stützte, nahm, seine allbekannte Geste ein, den Kopf in die Hände. Doch kaum saß er in dieser Haltung, als ihn die Erinnerungen wieder überfielen. Wie festgeschraubt saß er und wieder begann er sich in leisem Ton Worte, Sätze, Gedanken vorzusagen, die aus seinem Innern aufstiegen:

Ich musste es für uns tun, für Irene und mich, musste diesen Weg finden für uns, mit allen Mitteln - das habe ich in den letzten Tagen gedacht, so wie ich es jetzt in diesem Augenblick, hier im Walde wieder denke. Ist es im späten Frühling gewesen? Im Juni?

Pfingsten, das liebliche Fest war gekommen. Ich weiß es nicht mehr genau, bin mir aber sicher, dass es nur wenige Wochen, vielleicht auch nur einige Tage nach der Hochzeit meiner Schwester gewesen ist. Ich habe es nicht mehr ausgehalten, bin sogar manchmal im Zweifel gewesen, nicht mehr vollständig die Macht über meine Sinne und meinen Willen zu haben, denn es zog mich mit magischer Kraft zu dieser Frau, so dass ich eines Tages einen kleinen Handkoffer gepackt habe und zu ihr, zu Irene nach Mehlem am Rhein, gefahren bin, unangemeldet, spontan, einfach so. Überstürzt und plötzlich und ganz und gar nicht so, wie wir es uns brieflich verabredet hatten. Ich habe zu ihr gewollt, zu meiner Irene, die ich immer mehr und mehr geliebt habe, deren Bild sich in mir zu einem Ideal verklärt hatte, und ihr richtiges, wahres, ihr papiernes Bild, das sie mir gegeben hatte, kurz vor ihrer überstürzten Rückfahrt, das auf meinem

Nachtisch steht, zierlich gerahmt, hab ich täglich mit Küssen bedeckt, mit Tränen benetzt, weil ich sie liebte wie keine vorher, diese zierliche Frau, die mich angezogen hat wie nichts auf dieser Welt. Aber ich bin nicht losgefahren, weil ich von zuhause um jeden Preis fort wollte, nicht, weil ich es da nicht mehr aushielte, jedenfalls habe ich mir das damals nicht eingestanden, trotz allem, so wie ich heute davon fest überzeugt bin, dass es auch dieses unbedingte Wegwollen, dieses Flüchten, dieses Resignieren vor dem Hass, den Gemeinheiten und täglichen Niederträchtigkeiten gewesen ist, damals, in den Stunden der Abfahrt ist mein einziges Ziel Irene gewesen, so redete ich mir ein, obwohl das Verhältnis zur Mutter, aber auch zu den Schwestern, von denen auch die Verheiratete immer noch in unserem Haus gelebt hat, immer unerträglicher und gespannter geworden ist, an manchen Tagen so vergiftet und von kleinen Boshaftigkeiten zerrüttet, dass ich mich stundenlang in meinem Zimmer eingeschlossen habe und von dringender Arbeit, die ich zu erledigen hätte, geredet habe, nur, um diese Gespanntheit, diese Athmossphäre aus Hass, Bosheit und kleinen und großen Gemeinheiten nicht ertragen zu müssen. Im Arbeitszimmer, das auch eine Art Bibliothek ist und im

Erdgeschoss des Hauses liegt, hatte ich ein großes Aquarium eingerichtet, das mein ganzer Stolz war, vor dem ich stundenlang sitzen konnte, die friedliche, stumme und bunte Welt der Fische beobachtend.

Eines Tages hockte ich also wieder vor dieser bunten, phantastischen Unterwasserwelt, ein paar Tage nur, nachdem ich von Irene Post bekommen und sie mir vorgeschlagen hatte, doch zu ihr zu ziehen, Arbeit gäbe es auf jeden Fall und sie hielte es nicht länger ohne mich aus, was mir freudige Schauder den Rücken hinunter gejagt und ein Kribbeln im Bauch erzeugt hat, und ich habe ihr sogleich geantwortet, dass ich alles tun werde, damit wir zusammenleben können, ich aber noch ein paar Monate Zeit brauchte, um nachzudenken über alle Möglichkeiten, um alles Erforderliche vernünftig zu regeln, denn dieses Erforderliche würde auch ein Gespräch mit meiner Mutter sein, denn, wenn ich wegzöge, dann für immer, aber ich könne mir auch denken hier zu bleiben, dann aber unter ganz bestimmten Voraussetzungen, unter materiellen Sicherheiten auch, die ich mir überlegt hatte. Dieses alles ging mir also durch den Kopf als ich meine herrlich bunten Malawibarsche beobachtete, über ihre eleganten Bewegungen staunte, dieses ruhige, unaufgeregte Wedeln ihrer zarten, durchsichtigen Brustflossen. Ich freute mich, spürte wie diese Ruhe und Ausgeglichenheit dieser Wassertiere auch auf mich überzugehen begann, als plötzlich meine Mutter mit schnellen energischen Schritten, und wie mir schien, besonders hart auftretend, an mir vorüberstapfte, nicht den Weg zu ihren Pflanzen auf die Veranda, die als Wintergarten umfunktioniert war und wohin sie sonst immer wollte, sondern an der anderen Seite der Bibliothek entlang, den Weg nehmend, den längeren und gewundeneren sicherlich, vorbei an Schreibtisch und Ledersessel, nein, sie drängte sich zwischen mir und dem Aquarium mit hastigen Schritten hindurch und hat dabei mit ihren Armen fuchtelnde Bewegungen gemacht, wie man es tut, wenn man sich irgendwo durchwinden muss. Die vorher ruhigen und trägen Fische jagten wie irr durcheinander, waren durch den großen sich bewegenden Schatten erschreckt, flitzten unter Steine und zwischen die schützenden Wasserpflanzen, Sand und Futterreste aufwirbelnd, die das kristallklare Wasser trübten und für Minuten in einen trüben Tümpel verwandelten. Ich bin mir nicht sogleich klar geworden darüber, dass meine Mutter mit voller Absicht diesen Weg zwischen mir und dem Fischglas genommen hat, dass sie wusste wie die

Fische erschrecken würden, dass sie mich damit treffen und ärgern wollte, ich habe es zunächst nur für eine ihrer kleinen, täglichen Provokationen gehalten, die sie sich mit gegenüber erlaubte und mir keine Gedanken weiter gemacht, und ich habe auch nicht vorausahnen können, dass an diesem Abend eine Art Großangriff an Gehässigkeiten und ihr Nervenkrieg gegen mich begonnen hat, der alles so weit getrieben hat, bis in die totale Zerrüttung, und bis zu meinem vorläufigen überhasteten Auszug aus dem Hause meiner Mutter, den wohlüberlegten Plan, den ich mir mit Irene entworfen hatte, über den Haufen werfend, meiner Flucht, an die ich ein paar Augenblicke gedacht hatte; und ich habe nicht gewusst, auch von mir nicht gewusst, dass ich diesen Krieg erwidern würde, dass ich mich hinreißen lassen würde, Gleiches mit Gleichem zu vergelten, Aug um Auge, Zahn um Zahn, dass ich selbst zu Widerwärtigkeiten fähig sein würde, zu Gemeinheiten und Taten, von denen ich an diesem Abend vor meinem Aquarium sitzend, nicht geglaubt hätte, dass ich sie tun würde. Am nächsten Tag also fragte sie mich, in der Küche beim Abendbrot sitzend, an einem der seltenen Abende, an denen wir noch gemeinsam aßen, fragte mich die Mutter im Beisein meiner

Schwester Maria, denn Anna reiste zu dieser Zeit konzertierend durch Österreich und die Schweiz, und ihr Fragen sollte beiläufig und wie nebenbei klingen, und sie fragte mich also, was ich denn für Pläne hätte in Bezug auf die Dame aus diesem "Nest" (sie sagte wirklich "Nest") bei Bonn, ob denn die Familie damit rechnen könne, dass wir vielleicht eine Hochzeit feierten, oder ob ich mit ihr "nur so" verbunden bleiben wolle, wie es ja Mode wäre in der heutigen Zeit, sie wüsste ja, es ginge sie, die Mutter nichts an, wie ich, ihr Herr Sohn, immer zu sagen pflegte, und da wusste ich, als sie so weiter sprach und es gar nicht mehr unauffällig und beiläufig klang, als schon kaum noch zu unterdrückender Ärger in ihrer Stimme mitschwang, sie, die Mutter, verbarg etwas vor mir, sie wusste mehr als ihr geheucheltes Interesse an meinen Plänen ahnen ließ und ein Verdacht stieg in mir auf, sie habe heimlich meine und Irenes Briefe, die ich in meinem Zimmer, das immer offen stand, achtlos hatte herumliegen lassen, gelesen und nun wollte sie von mir selbst, sozusagen amtlich, unterrichtet werden, als Mutter, als Vorstand des Hauses, als mein Erziehungsberechtigter, als der sie sich immer noch empfand und verstand, wollte, dass ich ihr sagte, was sie ohnehin schon wusste und was wir sonst noch beschlossen hätten. Die Schwester grinste und schwieg, ich wusste, sie hatte seit einigen Jahren ein Verhältnis mit einem Arzt, einem Orthopäden, das sie, klug wie sie war, geheim hielt, der Mutter nichts verriet und auf diese Weise allem Streit, allen Fragen aus dem Wege ging. Doch ich schwieg und dieses Schweigen, wenn ich es durchbrochen hätte und offen meiner Mutter gesagt hätte, was ich, was wir, Irene und ich, planten, wenn ich den Mut gehabt hätte, deutlich und klar über alles zu reden, dann, so glaube ich, wäre manches Verhängnis nicht gekommen, was nun durch dieses Schweigen unausweichlich begonnen hat, denn ich habe damals vor meinem Teller in der Küche wirklich nicht daran gedacht, dass es nur die eine Passage meines letzten Briefes gewesen ist, welche die Gedanken meiner Mutter in eine besondere und für sie bestimmende Richtung gelenkt haben, eine Passage, in der ich zu Irene davon geschrieben hatte, auch unser Gründstück hier in D. in unsere Überlegungen und Planungen einzubeziehen, sozusagen eine vorgezogene Erbfolge zu versuchen, der Mutter bleibendes Wohnrecht zuzubilligen, einen Kredit zu nehmen und die Schwestern auszuzahlen. Erst viel später, nach Monaten, als es jedoch schon zu spät gewesen ist, habe ich dann herausbekommen, dass es gerade diese Passage meines Briefes gewesen ist, die alles ausgelöst hat und die Schritt für Schritt die unausweichlich scheinende Kette in Bewegung gebracht hat; doch an diesem Abend beim Essen schwieg ich, sagte nichts, dachte nicht daran und überließ meine Mutter ihren Vermutungen, ihren bösen Gedanken und ihren Plänen, ich habe mich sogar an diesem Küchentisch, mit dem Brotmesser und der Gabel in der Hand, das Wurstbrot vor mir auf dem Teller, noch gefreut und bin stolz gewesen, dass ich geschwiegen hatte, dass ich standhaft geblieben war und dass sie, die alte Frau, sich nun ärgerte und mit ihren Fragen allein bleiben würde. Vielleicht hat es aber auch daran gelegen, dass ich in meinen Gedanken damit beschäftigt gewesen war, wie ich es anstellen könnte, meiner Irene zu beichten, dass ich schon seit einigen Monaten arbeitslos wäre, dass ich schon zur Hochzeit meiner Schwester keinen Job mehr gehabt hatte, dass ich mich treiben ließe, mich nicht richtig um Arbeit bemühte, in den Tag hinein lebte und von der fixen Idee beherrscht war, eines Tages ein Schriftsteller zu sein. Ich hatte damals einiges zu Papier gebracht, von dem ich naiv und selbstverliebt glaubte, es könne mich bekannt machen, damit würde ich literarischen Erfolg und gar Ruhm ernten, auch und gerade, weil meine Mutter, die davon wusste und mir bei jeder Gelegenheit meine Laschheit und Faulheit, meine Untätigkeit vorwarf, auch, dass ich mich nicht um richtige Arbeit bemühte. Meine Mutter verspottete mich, nannte mich einen Schreiberling und hoffnungslosen Dichter, einen „Hinterhofgoethe", einen Spinner, der sich andauernd einredete, er sei zum Schriftsteller geboren und würde es irgendwann auch werden. Diese Gedanken quälten mich bei jeder Gelegenheit, und deshalb, ja vielleicht auch deshalb hatte ich nicht an diese gefährliche Briefpassage gedacht, auch, weil ich zu diesem Zeitpunkt eben noch nicht genau gewusst habe, dass meine Mutter nicht nur diesen, sondern regelmäßig alle meine Briefe gelesen hatte, wie sie schon immer alles von mir gelesen hatte, wenn sie es in die Hände bekam. Und ich habe weiter überlegt und eben deshalb am Küchentisch geschwiegen, was denn Irene zu meiner Schreiberei sagen würde, sie, die als Redakteurin sofort wissen würde, dass ich davon meinen Lebensunterhalt, auch, wenn es mir gelingen sollte, manches zu veröffentlichen, niemals würde bestreiten können und noch viel mehr beunruhigte mich, dass ich dann auch, wenn ich zu ihr zöge, von *meiner Arbeitslosigkeit würde reden müssen, dass ich keine oder kaum finanzielle Rücklagen hätte, ich also von ihr würde leben müssen, obwohl es in Mehlem, bei ihr also, natürlich sogleich um neue Arbeit ginge, gehen müsse, ich auf keinem Fall drumherum käme und sie mir geschrieben hatte, es gäbe genügend geeignete Jobs und sie könne sich darum kümmern. Also quälte ich mich, dachte an das, was mich erwarten würde bei Irene, neben all der Liebe und der Sehnsucht, die wir aufeinander hätten, doch zugleich redete ich mir ein, tröstete ich mich, dass alles durch unsere Liebe gelöst würde, alles Störende darin aufgelöst werde, wie in süßem Honigseim ertränkt werden würde, dass ich, wenn ich alles ehrlich anspräche und nichts vergäße, auch nicht aus Feigheit, dass es dann für mich und für uns beide einen richtigen und wahrhaftigen Neuanfang gäbe, unweigerlich geben müsse… Das alles ging mir durch den Kopf und meine Mutter ist Nebensache gewesen in diesen Minuten am Küchentisch. Vielleicht habe ich damals auch nur gedacht, es seien ihre ewigen Sticheleien oder die gekränkte mütterliche Eitelkeit oder gar eine Spur von Eifersucht, ich weiß es nicht mehr genau. Einige Tage später aber, merkte ich dann wie ernst es meiner Mutter gewesen ist und wie* sie mit bitterer Verbissenheit auf der Stufenleiter ihrer ausgeklügelten Gemeinheiten Schritt für Schritt nach oben steigen würde. Noch blieb ich ohne Gegenwehr, ohne selbst im Katalog des Hasses und der Bosheit blätternd, auf Rache zu sinnen, als ich ihre ersten Angriffe fast ahnungslos und überrascht erlebte, sie quasi geschehen ließ, und da gab es auch dieses gegenseitige Belauern noch nicht, das dann unser ganzes weiteres Zusammenleben bestimmen sollte. Diese ersten Stiche versetzte sie mir, indem sie bei meinem Aquarium „vergaß", die Sauerstoffpumpe wieder einzuschalten wie ich es ihr eingeschärft hatte, wenn sie im Arbeitszimmer mit dem Staubsauger hantierte und dabei für kurze Zeit die gemeinsame Steckdose benutzen musste, und ich am Abend nach Hause kommend meine Fische nach Frischluft schnappend an der Wasseroberfläche vorfand. Von den vielleicht zwanzig Tierchen waren mindestens die Hälfte nicht mehr zu retten und als ich die silbrig glitzernden Fischleichen in den Abfall warf, glaubte ich auf dem Gesicht meiner Mutter, die wie zufällig hinzu kam, ein befriedigendes Lächeln wahrzunehmen, nämlich als sie sagte, es tue ihr leid und sie könne nichts dafür und sie habe wirklich nur vergessen, diese blöde Pumpe wieder anzustellen. Damals *redeten wir noch miteinander, wir sprachen, wenn auch nicht viel und nur das Nötigste, aber immerhin, wir redeten, die Mutter mit mir und ich mit ihr, und ich glaubte zu diesem Zeitpunkt noch nicht an einen andauernden und sich ausweitenden psychologischen Kleinkrieg. Gut, ich war zwar verärgert, wütend und ich hätte sie anschreien mögen, doch nahm ich es diesmal noch hin, wusste, ahnte nicht, dass es von Woche zu Woche, ja von Tag zu Tag schlimmer und schlimmer werden würde. Und immer sind es nur Kleinigkeiten gewesen, kleine Nadelstiche. An einem der nächsten Tage zum Beispiel fand ich ein Hemd und ein Jackett von mir auf meinem Bett und die Knöpfe, die sie annähen sollte, fehlten noch immer. Es ist eine der wenigen mütterlichen Dienstleistungen gewesen, die sie noch für mich verrichtet hat und es bedurfte keiner Worte, ich legte ihr die Kleidungsstücke, die auszubessern waren auf ihre Nähmaschine im ehemaligen elterlichen Schlafzimmer und ein paar Tage später fand ich sie dann in repariertem Zustand und aufgeräumt in meinen Kleiderschränken. Das ist immer so gewesen, seit ich mich erinnern kann und niemals ist es vorgekommen, dass ich die Stücke so wieder bekommen hätte wie ich sie abgegeben hatte, außer, wenn sie krank war, oder verreist, aber das ist* ganz selten vorgekommen seit wir zusammenleben nach Vaters Tod. Dann haben sich wieder Todesfälle in meinem Aquarium ereignet, zwei prächtige Barsche trieben unbeweglich auf der Wasseroberfläche und ihre Leiber waren aufgetrieben. Ich konnte zunächst nicht herausfinden, was die Ursache für ihren Tod gewesen sein könnte, am nächsten Tag aber entdeckte ich im Abfalleimer eine kleine leere Tüte eines granulierten Pflanzendüngers und ich erinnerte mich, dass ich einige wenige dieser blaugrauen Kügelchen am Todestag meiner Fische auch in der Nähe des Aquariums bemerkt hatte, die da auf dem Fußboden verstreut lagen, jedoch waren es nur einzelne, so dass ich mir nichts dabei gedacht hatte, zumal in der Nähe des Aquariums auch Töpfe mit wuchernden Grünpflanzen standen und es denkbar gewesen ist, dass meine Mutter einen ihrer Düngertage gehabt hat. Doch meine Entdeckung, das ist mir sofort klar gewesen, hat keinen Beweischarakter gehabt, so dass ich die beiden Fische in eine Plastiktüte tat und in ein Veterinärlabor brachte, das mir dann zwei Tage später das Ergebnis für neununddreißig Mark fünfzig präsentierte, eine Vergiftung mit jenem Pflanzendünger, dessen Name mir entfallen ist, den meine Mutter aber für ihre

Grünpflanzen verwendet hat, denn diese Tüten mit dem blaugrauen Granulat standen seit Jahren in der Gerätekammer, in der sie alles aufbewahrte, was mit ihren Pflanzen zusammenhing, ob die nun im Haus oder im Garten wucherten. Ich überlegte, was ich tun sollte, ihr das Ergebnis des Labors unter die Nase halten und einen handfesten Streit anfangen und ein Gebrüll, und ihr Gekreisch anzuhören, oder ob ich schweigen und dafür beginnen sollte, ab jetzt Gleiches mit Gleichem zu vergelten. Also habe ich geschwiegen und dafür gesorgt, die gegenseitige Spirale Zug um Zug höher zu drehen. So bin ich es auch gewesen, der als erster aufgehört hat, zu sprechen. Am Anfang bin ich nur weggegangen, wenn meine Mutter irgendetwas zu mir gesagt hat, später dann hat es mir nichts mehr ausgemacht, stumm, schweigend und ohne ein Wort mit meiner Mutter weiter zusammenzuleben, in der Küche schweigend neben ihr zu stehen oder zu den wenigen Mahlzeiten, die wir noch gemeinsam einnahmen, stumm wie ein Fisch da zu sitzen, oder am Morgen, wenn wir uns auf dem Weg zum Badezimmer begegneten, gruß- und wortlos, mit leerem Blick oder gesenktem Kopf an ihr vorbeizugehen. Die Schwestern haben sich anfangs, an den wenigen Tagen, an denen sie von ihren Konzerten daheim waren, gewundert und große Augen gemacht, aber es hat nicht lange gedauert und sie haben sich mit der Mutter solidarisiert und auch nicht mehr gesprochen, und so sind wir ein stummes Haus geworden, in dem nur noch die Stimmen des Radios und des Fernsehers die einzigen menschlichen Stimmen gewesen sind, die man hat hören können. Wenn es etwas gegeben hat, dass der andere wissen sollte, das heißt, zwischen mir und der Mutter und mir und den Schwestern, denn Mutter und Schwestern haben natürlich und selbstverständlich weiter miteinander geredet, dann sind Zettel geschrieben worden und an eine Pinwand gesteckt worden. Diese hing in der Küche und ist so zu unserem Kommunika-tionszentrum geworden, fast wie eine Betriebswand-zeitung in den alten Zeiten, wo auch eine Spalte vorgesehen gewesen war für Kritiken und für Schmähungen, für Kritiken, wer wieder irgendwo ein Fenster aufgelassen hatte oder Essensreste stehen ließ, anstatt sie selber gleich zu beräumen und das Geschirr abzuwaschen, aber auch solche Mitteilungen waren es wie die, dass in der Toilette das Papier zu Ende gehe, oder am gleichen Ort irgendeiner vergessen hatte, mit der Bürste alle Reste in der Kloschüssel zu beseitigen. Manchmal aber, und ich bin mir sicher, dass dies nur die Schwestern gewesen sein konnten, fand ich an dieser Wand auch ein Strichmännlein mit einer herausgestreckten Zunge oder einem dicken Strich zwischen den Beinen und daneben der Text: Johannes-Du bist unser Unglück!

Doch, ich bin nicht beim bloßen Schweigen stehen geblieben. Gleich nach Mutters Fischmord, bin ich auf die Veranda gegangen, heimlich am frühen Abend, wo ich wusste, dass die alte Frau in ihrem Nähzimmer ein kleines Nickerchen machte, und habe bei einigen von ihren besonders geliebten Pflanzen, ein paar Spitzen und Triebe mit der Schere abgeschnitten oder bei einer Hydrokultur die Wurzeln so eingekürzt, dass sie unweigerlich eingehen mussten. Und ich bin dann befriedigt in die Küche hinaufgestiegen und habe mein Abendessen vorbereitet. Auch dort gab es viele Möglichkeiten. Ich wusste zum Beispiel, dass die Mutter keinen Knoblauch mochte, dass sie wie die Vampire davor regelrechte Angst hatte. Niemals hat sie an das Essen, und sie hat zu Lebzeiten des Vaters wirklich gut kochen gekonnt, Knoblauch getan, ihn weder roh, noch als Würzsalz, oder in einer anderen Variante verwendet. Wenn ich es nun, der ich dieses knollige Gewürz über alles liebe, bei meiner Kocherei oder für Salate verwendete, hat sie sofort im ganzen

Haus die Fenster aufgerissen und ein Gesicht gemacht als wäre die Wohnung abgebrannt. Jetzt nun, in der Küche, an diesem frühen Abend, während die Mutter noch ruhte und es still war im Haus, mich niemand störte, bereitete ich mein Abendessen vor. Ich pelle also die elfenbeinfarbenen Knoblauchzehen aus ihrer spröden, weißlich dünnen Schale, mindestens ein halbes Dutzend, dann gebe ich Olivenöl in eine Pfanne, erhitze es und würfele den Knoblauch hinein, um später, ebenfalls in Knoblauch eingelegte Steaks dazuzugeben. Es dampfte, es zischte, es brodelte mit kleinen bräunlich gelben Bläschen in der Pfanne und ein betäubender Duft durchzog zuerst die Küche, in der ich alle Fenster und den Abzug geschlossen hatte, dann den Treppenflur, denn ich hatte die Küchentür einen Spalt offen gelassen, schließlich durchwaberte der Duft des gebratenen Knoblauchs das ganze Haus und ich wartete mit klammheimlicher Freude nur darauf, dass er meiner Mutter in die Nase kroch, dass sie davon erwachte und in Panik geriet, dass sie durchs Haus jagte und alle Fenster und vielleicht sogar die Türen aufriss, wissend und kalkulierend, dass sich dieser Dunst mindestens bis zum Morgen oder noch am ganzen nächsten Tag im Haus halten würde. Ich hatte richtig gerechnet, es dauerte nicht lange und ich hörte wie meine Mutter durchs Haus eilte, treppauf und treppab, wie sie Fenster aufriss und Türen und wie sie bei ihren hastigen Wanderungen durchs Haus wüste Beschimpfungen gegen mich ausstieß. Sie würde nicht in die Küche kommen, solange ich mein Essen zubereitete und es hier derart nach dem ihr verhassten Knoblauch roch, das wusste ich, aber sie würde auch sonst nicht kommen, denn wir hatten es uns seit einiger Zeit angewöhnt, uns aus dem Weg zu gehen. Es geschah ohne erkennbaren äußeren Anlass. Schweigend und ohne ein Wort, wenn ich in der Küche oder im Bad bin, im Flur, im Keller oder in der Bibliothek, im ehemaligen elterlichen Wohnzimmer, überall - wir gehen uns aus dem Weg wie zwei feindliche Tiere, wir lauschen, wir schauen, ist da Licht, sind da Geräusche, dann ist der andere, der Verhasste, dort und man meidet ihn als hätte er eine gefährliche, ansteckende Krankheit. Unser Tagesablauf, der der Mutter wie der meinige sind seit langer Zeit geregelt gewesen und jeder wusste vom anderen, was er um diese oder jene Tageszeit tut oder wo der andere sich aufhält, besonders seit ich arbeitslos geworden und daher viel im Hause blieb, nicht mehr früh zur Arbeit und abends spät heim gekommen war, hat es sich alles so eingespielt. Bis in die jüngste Zeit ist das so gewesen. Eine Ausnahme in diesem Ablauf ist immer nur durch meine Schwestern eingetreten, die, wenn sie einmal daheim waren, diesen Ablauf mit ihrer Unruhe und Hast durcheinander gebracht haben. Die meiste Zeit jedoch ist es so abgelaufen: Mutter ist stets vor mir aufgestanden, ist dann ins Bad gegangen, von dort nach einigen Minuten, denn sie wusch sich morgens nur kurz mit kaltem Wasser ab, hinunter ins Erdgeschoss, um die Blumen zu versorgen und um ihnen "Einen Guten Tag zu wünschen", wie sie es genannt hat, während dessen bin ich im oberen Geschoss aus meinem Bett gestiegen und ins Badezimmer gegangen, denn ich hatte vorher schon die Geräusche der Mutter gehört. Inzwischen hantierte die Mutter wieder im Obergeschoss, in der Küche und bereitete das Frühstück, sie hat das all die Jahre gemacht, in immer der gleichen Art, jede ihrer Bewegungen, jeder ihrer Handgriffe haben sich wiederholt wie bei einem Automaten und ich glaube, dass sie dabei an nichts gedacht hat. Sie hat Brötchen aufgeschnitten, den Kaffee gefiltert, die Wurst und den Käse, den Honig und die Marmelade an immer den gleichen Platz gestellt, auch zu meines Vaters Lebzeiten ist das schon so gewesen. Dann ist sie wieder hinabgestiegen, ins Erdgeschoss, ist hinaus, den Gartenweg entlang bis zum Tor gegangen und hat die Zeitungen aus dem Briefkasten herausgeholt, die sie dann oben in der Küche am Fenster stehend auseinander faltete, sie teilte und zuerst den lokalen Teil zu lesen begonnen hat. Zwischendurch hat sie nach dem Kaffee gesehen. Während sie dies tat, bin ich in die Küche gekommen, habe mich, ein undeutliches "Morn" murmelnd, an den Tisch gesetzt und angefangen meinen Joghurt zu essen, mit dem ich jeden Tag zu beginne, seit vielen Jahren schon. Manchmal, besonders früher, als wir noch miteinander sprachen, weil wir noch wenige Augenblicke des Tages miteinander verbracht haben, da haben wir uns gesagt, was wir am heutigen Tag oder auch am morgigen vorhaben, was wir, jeder für sich, zu erledigen hätten, auch, als ich schon arbeitslos war, ist das noch so gewesen und manchmal haben wir dann auch mittags, zusätzlich zu den Abendessen, die wie ebenfalls gemeinsam einnahmen, zusammen gesessen. Dann hat jeder seinen Tagesablauf gehabt, die Mutter hat Besorgungen gemacht, ist auch mal in der Stadt bummeln gewesen. Im Frühjahr, Sommer und Herbst hat die Gartenarbeit ihre Zeit bestimmt, auch Säuberungen im großen Haus hat sie in ganz bestimmten, festgelegten Abständen erledigt und ich habe mich, seit meiner Arbeitslosigkeit, am Vormittag an den Computer gesetzt, immer von neun Uhr bis zum Mittag, habe an meinen Texten gearbeitet oder Annoncen und Bewerbungen geschrieben, wenn auch ohne Lust, ohne den sogenannten "Biss" und nicht mit dem nötigen Nachdruck, nachmittags bin ich spazieren gegangen, immer die gleiche Strecke, im großen Park, der hier "Kaisers Garten" genannt wird, dieselben Wege und ich habe die Veränderungen beobachtet, die bei genauer Betrachtung tagtäglich vorkommen, an Bäumen, an Sträuchern, den Wegen, habe den Vögeln zugeschaut wie sie in den Büschen und auf den Kieswegen hin und her hüpften und ich habe einige davon gekannt, hatte ihnen Namen gegeben und mit ihnen gesprochen, manchmal haben mich einige mit ihren dunklen starr wirkenden Knopfaugen angeblinzelt und ich dachte mir, sie würden mich verstehen, nein, ich bin mir sogar sicher, dass sie mich verstanden haben, natürlich nicht die Worte, nicht deren Bedeutung, aber am Tonfall haben sie meine Stimmung, meine Seele verstanden, wie ich über Irene und mich gesprochen habe, über meine Mutter und diese elende Verhältnis, über mein ganzes, verpfuschtes Leben und die Trauer, die in mir gewesen ist all diese Zeit - das haben diese gefiederten Wesen verstanden und einmal sind zwei bis zu meiner ausgestreckten Hand gehüpft und ich hätte sie berühren und ihr zartes, seidiges Federkleid streicheln können, und sie haben mich mit ihren schräg geneigten Köpfchen aufmerksam angesehen und mir sind ein paar Tränen aus den Augen gesickert. Am späten Nachmittag, wenn ich wieder nach Hause kam, habe ich mich in mein Zimmer gesetzt, oder in die Bibliothek und habe gelesen oder meinen Fischen zugeschaut. An manchen Tagen habe ich mich mit ehemaligen Kollegen getroffen, die gleich mir keine Arbeit hatten und auch kaum noch, weil sie schon alle fast fünfzig Jahre oder älter gewesen sind, keine bekommen würden und es aufgegeben hatten, sich um irgendwelche Tätigkeit zu bemühen, die nur, ab und zu einmal eine sogenannte ABM bekommen haben, damit das Geld wieder etwas mehr würde in ihren Taschen, mit denen also habe ich mich getroffen und wir haben am Kiosk ein paar Büchsen Bier trinkend von alten Zeiten gesprochen, uralte Witze erzählt, über die wir schon vor Jahren gelacht haben.

Aber ich bin zu diesen Treffs immer seltener gegangen, weil ich gespürt habe, dass dort, in diesen Runden der Abstieg beginnt, dem ich mich unbedingt fern halten wollte und dem ich mit Irenes Hilfe und meiner Schreiberei auch zu entrinnen hoffte, (und dem Kapital aus unserem Haus) doch trotzdem ist in mir diese ganze Zeit eine Leere, eine lähmende Langeweile, produziert durch diese ewige Gleichförmigkeit, ein gleichgültiger Fatalismus gewesen und nur der sich ständig auf unsichtbare Weise steigernde Hasskrieg mit meiner Mutter hat mich immer wieder mit neuer Energie aufgeladen und angestachelt in der letzten Zeit, wie auch, weil das eine mit dem anderen in seltsamer Weise verbunden schien, seit der Hochzeit meiner Schwester, seit ich Irene kennen gelernt hatte, die Liebe zu dieser Frau und der Wunsch, mich endlich befreien zu können und mit ihr ein völlig neues Leben zu beginnen. Und nur dieses Eine, dieses Ziel, hat mich noch ertragen lassen, was im Zusammenleben mit meiner Mutter, das ja im Wortsinn gar keines mehr gewesen ist, in diesem Nebeneinander-her-Existieren, in diesem Belauern und diesem Hass so unerträglich und vergiftend geworden war.

Unser Tagesablauf, der meiner Mutter und der meinige, hatte sich also so verändert, dass wir uns nur noch belauerten, belauschten, beschlichen, um ein Zusammentreffen, ein Aufeinandertreffen, eine wie auch immer geartete Begegnung um jeden Preis zu vermeiden, so wie in der Wildnis zwei gleich starke Raubtiere ihre Reviere abstecken, ihre Markierungen setzen, Zweige, Sträucher umknicken, alles tun, um dem anderen unter keinen Umständen zu begegnen, ihm das zu jeder Zeit auch anzuzeigen, weil wissend, dass es dann zur Katastrophe, zum offenen Kampf käme, der nur und zwangsläufig mit dem Tod eines dieser beiden enden würde. Genau wie bei Mutter und mir, doch das habe ich damals noch nicht so überlegt, so gesehen und verglichen. Trotzdem habe ich gewusst, sie kommt nicht in die Küche, solange ich mich dort aufhalte, selbst, wenn ich an diesem Tag keinen Knoblauch gebraten hätte, was ich immer nur getan habe, um an der Schraube der Eskalation ein weiteres Stück zu drehen, darauf lauernd, was sie nun ihrerseits tun würde, als Reaktion, als Antwort in diesem Spiel, das wir miteinander spielten, und das Immer noch nicht so ernst, so tödlich ernst und gefährlich, wie es noch werden sollte, gewesen ist, sondern es eher an das kindische Verhalten eines alten, verbitterten Paares erinnert hat. Noch war es also nicht in die Phase getreten, dieses Spiel, das unumkehrbar irgendwann zu einer Katastrophe führen musste. Ich saß in der Küche, aß mit Appetit mein

Steak, und überlegte, was ich an diesem Abend tun wollte, dachte an die Mutter und dass sie jetzt daran arbeitete, mir einen nächsten Schlag zu versetzen, dass sie im Haus herumlief und bereits mit wachsender Wut daran dachte, mich zu ärgern, zu reizen, mir neuen Schaden zuzufügen, möglichst einen solchen, den ich am wenigsten vermuten und der mich überraschen würde. So denkend saß ich auf dem Küchenstuhl, vor mir das halb aufgegessene Steak. Ich habe gewartet, nachdem ich mit dem Essen fertig gewesen bin, gelauscht bis ich nichts mehr hörte und glaubte, meine Mutter wäre inzwischen, nachdem sie alle Fenster offen gelassen hatte und es unangenehm kalt geworden und gezogen hat im Haus, in ihr Nähzimmer gegangen, in das sie sich stets dann zurück zog, wenn sie darauf lauerte, dass ich ihr den Weg frei gab im Haus. Ich wartete also, dann schritt ich lärmend treppauf und treppab, denn sie sollte mich hören, und schloss die Fenster, um schließlich türenschlagend in der Bibliothek zu verschwinden. Und diese stummen Zeichen, die man sehen, die man hören konnte, würden sich in unserem Spiel weiter perfektionieren, in diesem Spiel, das wir miteinander trieben, und das, wie ich jetzt weiß, nur mit der freiwilligen Aufgabe, der bedingungslosen Kapitulation, der Flucht oder dem Tod eines von uns beiden enden konnte, enden würde - diese Zeichen würden das Instrumentarium werden, das unseren Lebensinhalt immer mehr bestimmte, bis zu meiner überhasteten Abreise und noch viel stärker nach meiner überraschenden Rückkehr vor nunmehr drei Wochen, würden die Sprache ersetzen, die wir miteinander und zueinander nicht mehr finden konnten, würde auch die Pinwand in der Küche ersetzen, würden wie bei den Raubtieren in der Wildnis, den Grizzlies etwa, von denen ich vorhin gedacht habe, dass wir ihnen ähmelten, die wildtierähnlichen Reviermarkierungen und die Verhaltenshinweise sein. Und die Zeichen wurde immer unverhohlener und direkter. Schon, wenn ich das Haus betrat, wusste ich, wie ich mich zu verhalten hätte, wo mein Feind sich aufhielt und was er von mir erwartete und umgekehrt wusste sie, die Mutter, durch diese Zeichen und Geräusche genau, wo Ich mich aufhielt, was ich wollte, was meine Absichten wären: Standen beispielsweise auf dem Treppenabsatz ihre ausgetretenen Gartenschuhe und daneben ihr Straßenschuhwerk, so ist sie auf jeden Fall im Haus gewesen, fehlten das schmutzig weiße, halb defekte, zertretene Paar so werkelte sie irgendwo im Garten, standen jedoch daneben ihre Hauspantoffeln mit dem dunklen Fellbesatz, ist sie unfehlbar in der Stadt gewesen. Nun ist das nichts Besonderes, könnte ein Fremder denken, das ist bei uns genauso wird er weiter denken, doch ich habe an der Art, wie die Schuhe dagestanden haben, bereits erkannt und gewusst, welches Zeichen, welche Botschaft, mir übermittelt werden sollte, ob sie gerade nebeneinander oder schräg oder flüchtig hingestellt waren, ob gar ein Schuh umgefallen war, alles dies sind Zeichen gewesen, die sie mir gegeben hat und aus denen ich ablesen konnte, was sie mir sagen wollte, ohne menschliche Worte und nur durch diese toten Hinweise der Gegenstände. So hat das ebenmäßige Abstellen des Schuhwerks, indem sie wie die Soldaten nebeneinander aufgestellt waren, bedeutet, ich habe irgendwo im Haus Unordnung und Schmutz hinterlassen und sie wollte mir auf diese Weise ihre Ordnungsliebe demonstrieren, lagen ihre Schuhe flüchtig durcheinander, so hieß das, dass ich vermeiden sollte, ihr zu begegnen, standen die Schuhe aber weit auseinander, so sollte ich am besten gleich wieder umkehren und in irgendeine Kneipe gehen, denn es würde gefährlich werden, mit ihr zusammenzutreffen. Sobald das Licht im Flur gebrannt hat, so bedeutete das, sie würde jeden

Moment wieder herunterkommen, hingen dann auf den Kleiderhaken der Flurgarderobe keine ihrer Jacken oder Mäntel, so wollte sie mir sagen, dass sie augenblicklich erscheinen würde und ich zu verschwinden hätte, um ihr nicht zu begegnen. Viele solcher Zeichen gaben wir uns, um unsere Reviere frei vom anderen zu halten und möglichst jedes Zusammentreffen zu vermeiden, und es ist erstaunlich gewesen wie schnell wir beide dieses Spiel gelernt haben und wie jeder die stumme Sprache des anderen verstanden hat. Am Abend dann signalisierten wir dem anderen unser Kommen oder Gehen durch geräuschvolles Türöffnen oder - schließen sowie das Löschen oder Anzünden der Zimmerbeleuchtung, außerdem hat es bestimmte Zeiten gegeben, in denen nur der eine oder der andere die gemeinsamen Räume benutzte, so aß ich immer vor der Mutter in der Küche zu Abend, während sie am Morgen den Vortritt hatte, durch Türschlagen und lautes Treppenabsteigen wussten wir, der Weg zum gewünschten Raum wäre frei. Natürlich sind wir uns trotzdem begegnet, und das wäre ja auch gar nicht anders gegangen, aber wir haben uns dann nicht angesehen, nur manchmal verstohlene Blicke zum anderen hingeworfen, wenn der gerade beschäftigt gewesen ist, und immer ist eine seltsame Bannmeile zwischen uns von mindestens zwei Metern gewesen, niemals ist es, seit wir diesen Krieg begonnen haben, vorgekommen, dass einer dem anderen näher als diese zwei Meter gekommen ist, niemals, außer an diesem „Morgen …"

Begegneten wir uns also oder ist es eingetreten, dass wir uns bis auf diese zwei Meter nahe waren, dann ist sie mit Händen zu greifen gewesen, die todbringende Aggressivität, manchmal habe ich mich regelrecht zwingen müssen, ihr nicht ganz nahe zu treten, sie zu packen, zu würgen oder ihr irgendetwas auf den Kopf zu schlagen, egal was mir gerade in die Hände gekommen wäre, mit fast magischer Intensität war dieses Verlangen in mir, bildhaft und mit körperlicher Stärke, und ich weiß, ich habe gespürt wie ihr das ebenso ging, und nur diese bannende Kraft hat uns zurückgehalten, nur diese letzte Hemmung gab es noch. Außer natürlich, wenn die Schwestern dagewesen sind, ist unser Spiel, unser Krieg ein wenig unterbrochen und durcheinander geraten, dann ist das wie eine Atempause gewesen, die wir uns gegönnt haben. An einem Abend zum Beispiel, ich erinnere mich genau, bin ich im Haus umhergegangen und habe alle Fenster, alle Türen wieder geschlossen, laut und vernehmlich, bin dann in die Bibliothek gegangen, um ein Buch zu lesen, doch ich habe mich nicht konzentrieren können, las manche Zeile dreimal, verstand nichts und ließ das Buch, Dostojewskis "Schuld und Sühne" schließlich immer häufiger auf die Knie sinken, denn mit den Ohren und allen Sinnen bin ich nicht in der Bibliothek und beim Lesen gewesen, sondern draußen im Flur, in der oberen Etage, bei der Mutter. Ich lauschte, kannte alle Geräusche ganz genau und stellte mir vor, was sie tun würde. Lange Zeit, über zwanzig Minuten habe ich nichts Außergewöhnliches gehört, nur das Ticken der alten Standuhr, die gleich neben dem Treppen- aufgang stand, und andere Geräusche, die abends in einem Haus wie dem unseren zu hören sind. Da ist das Knacken und Summen des Kühlschrankes gewesen, oben in der Küche, das Knarren der alten, brüchigen Dachziegel, das Schaben und Streichen der Äste der großen Douglasie, welche die Hauswand berührten und zu streicheln schienen und das stärker geworden ist mit zunehmendem Wind, oder das Ticken der Heizung, dieses metallische Poltern, das sich in rhythmischen Abständen wiederholt hat, das Knistern der Treppe mit ihren ausgetrockneten hölzernen Stiegen, von denen die zweite und die sechste gestöhnt und geknarrt haben von jedem Menschenfuß, der sie berührte, und natürlich hat man hören können, wenn jemand die Toilette benutzt hat oder das Wasser in den Leitungen gelaufen ist, dieses Gurgeln und Glucksen war deutlich und nicht zu überhören, manchmal sind auch von draußen, von der Straße Geräusche hereingedrungen, wie von einer fernen Welt, das Poltern eines Lastkraftwagen, denn gleich vor dem Haus sind auf der Straße gusseiserne Deckel und Schachtabdeckungen und die Räder und Achsen der darüber fahrenden Autos, besonders der schweren, stöhnten und ächzten, oder die Ladung wurde durcheinander geschüttelt und gerüttelt, dass man es überall im Haus vernehmen konnte. Nur all diese normalen und immerwährenden Töne und Geräusche habe ich wahrgenommen, das Buch auf den Knien mit geschlossenen Augen unbeweglich sitzend, um besser zu hören, und nichts Besonderes ist an meine Ohren gedrungen, über eine halbe Stunde lang. Dann habe ich Musik gehört, zuerst leise und ich konnte nicht unterscheiden, was es gewesen ist, nur eine melodiöse Folge von Tönen drang bis zu mir hier herunter in die Bibliothek, allmählich habe ich mich aber hineingehört, und es ist auch lauter geworden, und ich habe die Musik erkannt, es war eine Klaviersonate von Beethoven, eine, die ich von meiner Schwester, der Pianistin, bis zum Erbrechen gehört hatte, ich glaube, die unselige "Appassionata" ist es gewesen, dieses Staccato, dieses Hämmern auf den Klaviertasten, was mir so verhasst war, und ich dachte daran wie ich mich gequält hatte, wie ich noch täglich als Junge von zwölf oder dreizehn Jahren an dem Instrument mit den weißen und den schwarzen Tasten sitzen musste, genau nach der Uhr zwei Stunden hatte ich zu üben, keine Minute früher durfte ich vom Drehstuhl herunter, um zu meinen geliebten Büchern und dem Malzeug zu kommen, und ich grämte mich, dass ich das, was ich jetzt hören musste, diese Beethovensche "Appassionata", niemals "intoniert" habe, wie es in diesem mir verhassten Musikerdeutsch heißt, sie niemals so gut habe spielen gekonnt, sondern immer nur diese Clementi Etüden und mal ein kleines Schubert Stück oder etwas aus den Schumann schen Kinderszenen, den "fröhlichen Landmann" vielleicht, in die Tasten klopfen und hämmern konnte - so wie ich jetzt diese "Appassionata" ertragen musste, die immer lauter und lauter erklang und von der uns einmal bei seinen Besuchen in unserem Haus der mächtige Genosse Persick mit eindringlicher Stimme gesagt hatte, dieses

Klavierstück, diese "Appassionata", sei die Lieblings-
sonate des großen Lenin, Wladimir Iljitsch, gewesen
und immer, wenn er in seinem Smolny saß und an
seinen Dekreten gearbeitet hat, musste ein Pianist
erscheinen und ihm, dem großen Führer der
Bolschewiki, dieses Beethovensche Werk vorspielen
und ich habe später, Jahrzehnte später, nach der
Wende, als wir entsetzt davon erfuhren, auf welche
Weise man den letzten Zaren und seine Familie
ermordet hat, mit Grauen daran gedacht und mir
vorgestellt, wie der glatzköpfige Lenin mit dem
energischen Spitzbärtchen den Befehl gegeben hat,
Nikolaus den Zweiten, seine Frau, seine Töchter und
ein paar Hausangestellte, im Jepatew Haus in diesem
trostlosen sibirischen Städtchen vom Leben zum Tode
zu befördern und wie er dabei die "Appassionata"
gehört hat und da ist mir diese Musik als eine
Teufelsmusik vorgekommen und sie ist mir, auch, weil
sie in unserem Hause ununterbrochen von meiner
Schwester gespielt wurde und weil meine Mutter
manchmal in verträumter, geheuchelter Geste, ob nun
wegen dem Genossen Lenin oder dem Genossen
Persick, daneben gesessen hat, so verhasst gewesen,
wie ich ohnehin den Beethoven, den alle Welt so
göttlich verehrt, den sie in Bonn, weil sie dort sonst

nichts haben, außer ihrem gewesenen Regierungssitz, wie einen Götzen anbeten, nicht zu meinen Lieblingskomponisten zähle, er kommt erst weit nach meinem lieben Mozart, meinem Bruckner, meinem Mahler und meinem herrlichen Richard Wagner... und jetzt dröhnte also diese "Appassionata" - dieses "ditatim, didatim, dida ta ta" - durchs Haus, lauter und lauter, und ich habe mich anstrengen müssen, die anderen Geräusche noch zu hören. Zuerst ist mir gewesen, als ob meine Mutter oben ins Bad gegangen sei, denn ich habe das Wasser in den Röhren und Leitungen gurgelnd hinabstürzen hören, dann hörte ich ihre unregelmäßigen Schritte, mit dem einen Bein stärker auftretend, oben im Flur, schließlich knarrten die zwei empfindlichen Stufen der hölzernen Treppe, sie kommt also herunter, dachte ich, doch in diesem Augenblick ist draußen von der Straße ein Gepolter zu hören gewesen, als würde auf einem vorbei fahrenden LKW ein Konzert für Milchkannen und Orchester aufgeführt, so dass ich durch die dröhnende Beethovenmusik und diesen Lastkraftwagenlärm hindurch nichts hören oder gar noch andere Geräusche unterscheiden konnte, aber ich bin mir einigermaßen sicher, die Kellertür gehört zu haben, dieses dumpfe Knarren, und ich glaubte, dass nun die

Mutter hinab in den Keller gegangen wäre. Was sie da wohl tun würde? Ich wusste es nicht, denn seit Jahren ist im Keller nichts als unbrauchbares Gerümpel gestanden, ein paar überalterte Einkochgläser mit schimmligen Schichten auf dem zerkochten blauroten Kirchen - und Pflaumenmatsch, denn die Mutter hat schon Jahre nichts mehr eingekocht, was früher ihre große Leidenschaft gewesen ist und wo die ganze Familie eingespannt worden ist, Großvater Albert, wir Kinder und auch der Vater, die Vorbereitungen und Nebenarbeiten zu erledigen, Gläser abwaschen, Gummiringe sortieren, und dann haben diese Gläser jahrelang herumgestanden und niemand hat das fade Zeug essen wollen, was stets niemandem geschmeckt hat und wo allen übel davon geworden ist. Auch mit den Wurstgläsern ist das so gewesen. Ja, es hat in dieser Einkochzeit regelrechte Perioden gegeben, die Kirschenperiode, die Pflaumenperiode, die Erdbeerperiode und die Quitten und Birnenzeit und im Herbst ist sie eines Tages drauf gekommen, dass man Hausschlachtenes einkochen könnte und von da ab sind Hackepeter und Leberwurst, Blutwurst und Wellfleisch in wahren Wellen in unserem Keller gelandet, dass der Vater zusätzliche Regale hat bauen müssen, damit die Kolonnen von Gläsern, diese

Kompanien und Regimenter, diese Armeen von Gläsern mit Eingekochtem, zu dem irgendwann auch noch Pilze und die hier in Sachsen so delikaten Flecke (Pansenschnipsel vom Rind), Griebenfett, Gurken in allen Einlegearten, ob als Gewürzgurke, als Salzdillgurke oder als Senfgurke, und auch Pferdefleisch, welches der Vater von einer Auslandsdienstreise aus Polen mitgebracht hat, dazu gekommen sind, und zwar ein ganzer Rucksack voll. Der ganze Keller hat voll gestanden mit diesem Eingekochten und Mutter, die im Krieg und in den ersten Jahren danach oft gehungert und nicht gewusst hat wie sie uns durchbringen soll, war zufrieden, dass nun niemand mehr hungern müsse und bei uns Nahrung im Überfluss vorhanden wäre, aber der Stolz über diese Vielfalt hat sie nicht nachdenken lassen, wie das alles verbraucht und vor allem wie dieser gekochte Nahrungsüberfluss in kürzester Zeit aufgegessen werden konnte, denn man weiß ja und sie hätte es in ihrer Belesenheit kennen müssen, dass sich diese Gläser nicht unbegrenzt luftdicht und damit keimfrei halten lassen. Und so ist mit der Zeit immer mehr von diesem Überangebot verdorben, und nach einem halben Jahr ist das meiste dieser Einkochgläserarmada zum Wegschmeißen gewesen und dann hat es wieder die Nebenarbeiten für uns, ihr Fußvolk, ihre Boden- und Kellertruppen, gegeben, Gläser aufwaschen, Gummiringe säubern und eimerweise die verdorbene ehemalige Nahrung in die Kübel an der Straße zu bringen, was eine für mich besonders üble, weil stinkende und schmutzige Arbeit gewesen ist ...

Daran dachte ich also, als ich die Mutter in den Keller gehen hörte, auf meinem Stuhl in der Bibliothek hockend, das Buch auf den Knien, die Augen geschlossen und mit hellen, wachen Ohren. Dann ist auf einmal die von oben kommende Musik des großen Rheinländers abgebrochen, offenbar, weil die eingelegte Platte abgespielt war und es herrschte plötzlich, auch, weil von der Straße nichts mehr zu hören gewesen ist, wieder tiefe Ruhe im Haus, nur unterbrochen durch das Ticken der Standuhr, das Knarren der Dachziegel, das Streichen der Douglasienäste an der Hauswand und die anderen bekannten Geräusche. Wieder habe ich lange Zeit nicht das geringste Besondere gehört, und fast wäre ich eingenickt, ein süßer Schlummer, Morpheus, dem ich fast schon geneigt war, mich hinzugeben, wollte mich umfangen als ich plötzlich von unten aus dem Keller erst ein dünnes Quieken gehört habe und dann die Fußtritte der Mutter, die wieder nach oben kamen.

Sie schlurfte mit ihrem ungleichen Tritten draußen an der Tür zur Bibliothek vorbei, stieg die Treppe empor, die hölzernen Stufen, Nummer zwei und sechs, knarrten und meldeten auf diese Weise ihr Hinaufsteigen, dann ist sie oben den Flur entlang gegangen und mir ist es vorgekommen als ob sie die Tür zu meinem Zimmer geöffnet hätte, denn ich kannte meine Messingklinke, die beim Herunterdrücken immer ein eigentümliches Singen hören ließ, doch ich hätte es nicht beschwören können, denn auch die Klinken zu den Zimmern der Schwestern, die ebenfalls oben gelegen sind, haben ähnliche Töne von sich gegeben. Schließlich hörte ich wieder Klaviermusik, diesmal wieder Beethoven aber nicht die "Appassionata", sondern das Triple-Konzert, eine Platte meiner Schwestern, die sie gemeinsam mit einem russischen Cellisten vor Jahren aufgenommen haben, und nichts als diese Musik ist weiter zu hören gewesen. Zuerst habe ich noch ein paar Seiten Dostojewski gelesen, mich aufgeregt und erregt wie der geniale russische Schriftsteller es schafft, richtigen Zorn und Unmut über seinen unfähigen, schwachen Helden beim Leser zu erzeugen, dann wollte ich nach oben in mein Zimmer gehen, den Schlüssel von innen umdrehen und mich ins Bett legen.

Ich lauschte zuerst, ob alles ruhig wäre und ich, ohne plötzlich auf meine Feindin zu treffen, die Treppe hinauf, den oberen Flur nach hinten bis zu meinem Zimmer gelangen könne, und ich wusste, meine Mutter würde hinter ihrer Tür stehen und ebenso gespannt darauf warten, dass sie meine Schritte hörte und das Abschließen meines Zimmers, weil auch sie mir nicht begegnen wollte, wenn sie, wie ich wusste, noch einmal hinab musste, um durch die Bibliothek gehend, auf ihrer Veranda nach ihren Blumen zu sehen, wie sie das immer getan hat, Tag für Tag, Jahr für Jahr. Wir lauerten aufeinander und ich beeilte mich nicht, denn ich war ja der erste, der diese Zeremonie in Gang setzen musste, mit meinem Aufstehen, meinem Hinaufgehen und dem hörbaren Abschließen meines Zimmers. Ich beeilte mich nicht, ich ließ mir Zeit, wartete, schon längst nicht mehr lesend, sondern leise in der Bibliothek hin und her gehend, und freute mich insgeheim, dass meine Mutter nun oben hinter ihrer Tür stehen müsste, lauschen müsste auf mich und mein Kommen und Gehen, dass sie erbebte und erzitterte vor Wut und doch nichts tun konnte als zu warten, warten, warten.

Schließlich verlor ich die Geduld, denn ich bin noch nie ein ausdauernder Mensch gewesen, und selbst *jetzt, als ich wartete, die Zeit hindehnen wollte in unserem Spiel, das wir miteinander spielten, selbst da ersehnte ich das Ende des Wartens, meines eigenen Wartens also, und ich bin dann laut auftretend, polternd in mein Zimmer gegangen. Schon am nächsten Morgen, aber noch viel stärker am Abend, hat es begonnen in meinem Zimmer übel zu riechen. Zuerst dachte ich, ich hätte mir die Schuhe nicht richtig gesäubert, wäre in einen Hundehaufen getreten, doch das war auszuschließen, dann ist dieser Gestank immer stärker und stärker geworden und ich habe mein Zimmer auf den Kopf gestellt, um dahinter zu kommen. Als ich nichts fand, auch am nächsten Tag nicht und ich das Fenster unmöglich wieder schließen konnte, so bestialisch hat es gestunken, fiel es mir wieder ein, dass es mir so vorgekommen war als ob meine Mutter an jenem Abend in meinem Zimmer gewesen wäre, und ich habe eine Bemerkung an die damals noch von allen benutzte Pinwand geschrieben. Ein paar Stunden später las ich die Antwort "Es wird Dein Charakter sein, der verfault und sich auf die Hölle vorbereitet!" und ich habe weiter und intensiver in meinem Zimmer nach der Ursache gesucht, die ich sie schließlich gefunden habe: In einer Ecke des Zimmers hatte sie,* die Mutter, denn niemand anders konnte es gewesen sein, die Tapete gelöst und eine tote Ratte dahinter gelegt. Das Tier war bereits in Verwesung übergegangen und stank fürchterlich. Jetzt erinnerte ich mich an das Quieken an jenem Abend. Die Mutter musste also das Tier irgendwie gefangen oder eingesperrt und ihm dann an diesem Abend den Rest gegeben haben, anders konnte es nicht gewesen sein und ich wusste, als ich das entdeckt hatte, nicht, ob ich lachen oder mich weiter ärgern sollte, mir fielen Filme von Alfred Hitchkock ein und Kriminalromane von Simenon, wahrscheinlich hatte die Mutter sich in ihrem aufflackernden Hass daran erinnert und spielte jetzt diese gesehenen oder gelesenen Szenen nach, doch, wie konnte ich ahnen, dass dies alles erst der harmlose, beinahe kindische Anfang sein würde in diesem Psychoterror, diesem Krieg, der zum Schluss auf Leben und Tod geführt werden würde...

∽

Ein Rascheln schreckt ihn auf.

Aber es ist nur eine Amsel, die keine zwei Meter vor ihm im Laub nach Würmern sucht. Mit unkonzentriertem Blick beobachtet er das Tier, wie es, mit dem gelben Schnabel die Blätter beiseite schiebend, immer wieder in den Waldboden hackt, schließlich, sich mit dem ganzen Körper dagegen stemmend, einen langen Wurm ans Licht zieht. Geschickt verschlingt sie ihn. Die schwarzen Vogelaugen zeigen dabei einen bösen, gierigen Glanz.

Der Mann steht auf, die Amsel fliegt schimpfend davon. Er sieht ihr nach, wie sie zwischen den Blättern und Zweigen himmelwärts verschwindet.

Als er auf den Weg zurückwill, steht urplötzlich ein Fremder vor ihm.

Ein Mann, Mitte Vierzig oder vielleicht Anfang Fünfzig, Stirnglatze, grauschwarzer Anorak Marke „Wolfskin", bewaffnet mit einem kurzen Küchenmesser und einem weißen Leinenbeutel.

Ein Pilzsucher.

Ein Pilzsucher wie ich, denkt Wendrich blitzartig und sagt, den Schreck und die Überraschung hinunterwürgend: Na, schon was gefunden?

Der andere scheint weniger verdutzt, er lächelt, antwortet:

Noch nicht. Aber hier soll es die besten Steinpilze geben.

Wendrich: Glaub ich nicht, und er zeigt seinen leeren Korb.

Ja, es ist heute zu kalt. Schönen Tag noch!

Er will auf den Weg, doch der andere hält ihn am Arm fest, fragt: Auch aus der Stadt?

Wendrich, unsicher, ärgerlich, entwindet sich dem Griff.

Was soll das? und er lässt den Fremden stehen.

Nichts für ungut, ruft der ihm unbekümmert nach, vielleicht sieht man sich?

Wendrich hat es eilig zu seinem Auto zu kommen. Er stürmt den Weg zurück. Wieder sitzt ihm die Angst im Genick, als er auf dem schmalen Weg zwischen den Bäumen läuft. Es liegt an diesem Wald, sagt er sich, womöglich sogar an diesen alten Fichten und Ulmen, die hier so dicht wie nirgends stehen. Als er den Parkplatz sieht und sein Auto, wird er wieder ruhiger.

Der Wagen steht immer noch allein.

Also ist der Fremde zu Fuß gekommen, denkt Wendrich, oder er hat sein Auto, Motorrad, Fahrrad, was weiß ich, irgendwoanders abgestellt.

Wendrich steigt ein, lässt den Motor an und steuert den kurzen Feldweg zurück auf die Straße. Er nimmt Kurs auf das nächstliegende Gewerbegebiet. Die Sache mit dem Baumarkt darf ich nicht vergessen, sagt er sich und blickt in den Innenspiegel, um sein

Gesicht zu betrachten. Er sieht blass und müde aus, unrasiert seit zwei Tagen.

Im Gewerbepark großes Gewimmel, kaum ein Parkplatz ist zu finden. Er muss ein ganzes Stück zum Baumarkt laufen. Uninteressiert schlendert er durch die geparkten Autos. Plötzlich fährt neben ihm ein dunkelroter BMW in eine freie Parklücke. Erst schaut Wendrich kaum hin, dann, als der Fahrer aussteigt, erschrickt er. Es ist der Pilzsucher aus dem Wald. Kein Zweifel, die Halbglatze, der Anorak Marke „Wolfsskin".

Wird er verfolgt?

Auch der Mann hat ihn gesehen. Er nickt ihm freundlich zu.

So ein Zufall! ruft er über das Wagendeck seines BMW.

Wendrich nickt zurück. Ja, ja!

Er beeilt sich zum Baumarkt zu kommen. Er findet, was er sucht, schleppt die Kübel über den ganzen Parkplatz zu seinem Auto zurück, sucht mit den Augen, bevor er einsteigt, den dunkelroten BMW, aber er findet ihn nicht. Der hatte aber einen kurzen Einkauf. Oder war er gar nicht einkaufen?

Wendrich brummt irgendwas und fährt unkonzentriert und gereizt los. Beinahe hätte er eine Frau mit ihrem Einkaufswagen übersehen und angefahren. Er muss bremsen, macht eine entschuldigende Geste, fährt weiter. Zu Hause angekommen, hält er vor dem Zaun, steigt aus, um zuerst die Kübel mit der Farbe und dem Binder, wie er es sich vorgenommen hat, auf der Haustreppe abzustellen. Doch schon wie er das Gartentor öffnet fällt ihm etwas auf. Eine Veränderung vor dem Haus, auf der Treppe.

Es stehen dort plötzlich fremde Gartenschuhe und Straßenschuhe. Aber, durchzuckt es ihn, das sind doch die Schuhe seiner Mutter!

Wie kommen die auf einmal hierher? Er hatte doch alles weggeräumt.

Und jetzt stehen diese Schuhe gerade so, wie sie früher gestanden haben, und verkünden das alte Zeichen: Ich bin im Haus! Vorsicht!

Der Mann Johannes Wendrich traut seinen Augen nicht. Mit den Farbkübel in der Hand bleibt er wie erstarrt vor der Treppe stehen.

Was bedeutet das?

Er fühlt wie er im Genick zu schwitzen beginnt. Er setzt die Kübel ab, schließt die Haustür auf. Merkwürdigerweise schnauft er erleichtert, als er die Tür verschlossen findet, denkt aber im selben Moment: Wieso bin ich erleichtert? Ich habe selber abgeschlossen. Es kann ja niemand im Haus sein. Ruhig bleiben!

Alles Unsinn. Die Nerven! Es sind die Nerven.

Als er aber in den Flur tritt, sieht er, das Flurlicht brennt. Trübe blakt die alte Lampe, beleuchtet matt den Flur und die halbe Treppe.

Das Flurlicht! Wieder fängt er an zu schwitzen. Als er ging, hat er es ausgeschaltet, dies weiß er ganz genau. Jetzt brennt es. Ihm fällt ein: Das brennende Flurlicht bedeutete im wortlosen Krieg zwischen ihm und der Mutter – ich komme gleich runter, geh mir aus dem Weg. Unwillkürlich schaut er die Treppe hoch, aber es ist niemand zu sehen.

Alles ist still, kein Geräusch.

Unsinn! denkt er wieder, die Nerven, nichts als die Nerven. Und auf einmal spürt er, dass er den Farbkübel immer noch in der Hand hält, aber er wollte ihn ja auf der Außentreppe stehen lassen. Also macht er kehrt, öffnet die Haustür und stellt den Kübel hinaus. Flüchtig denkt er: Ich beginne Fehler zu machen. Wenn jemand gesehen hat, dass ich den Kübel mit hinein nahm und ihn jetzt wieder rausstelle. Auffällig, sehr auffällig. Unschlüssig hält er einen Moment inne, dann wendet er sich wieder nach innen, in den Hausflur, lässt den Kübel draußen, schließt die

Haustür. Das Licht im Flur löscht er hastig, beinahe, als wolle er die Sache ungeschehen machen.

Aber, so schnell wie er es löschte, flammt es wieder auf. Nanu? Was bedeutet das? Ein Defekt im Lichtschalter? Er probiert es noch einmal. Jetzt bleibt es dunkel. Doch, als er in das unten liegende Wohnzimmer gehen will, flammt das Licht in seinem Rücken wieder auf. Ein Defekt, bestimmt ein Defekt, sagt er sich und er fühlt sich dabei ruhiger werden, der Schweiß im Genick ist einem angenehmen Kältegefühl gewichen. Ich will es später ansehen, denkt er, vielleicht lässt es sich reparieren.

Er geht im Wohnzimmer ans Fenster, schaut in den Garten.

Morgen müsse er endlich dem Rasen zu Leibe rücken, denkt er, auch an den Apfelbäumen sollten die Schösser ausgeschnitten werden. Ja, der Garten erwarte ihn, jetzt, wo die Mutter ... Oh, es wird viel Arbeit zu tun sein. Und, während er so steht und sich vorstellt, wie er zu Werke gehen wird, draußen in dieser Wildnis, da scheint es ihm, als höre er auf einmal Klaviermusik. Irgendein Klavierstück. Er kennt es, es ist ihm vertraut, aber es erinnert ihn zugleich an alte, vergangene Qualen. Er weiß nicht gleich, ob es eine Sinnestäuschung ist, ob die Musik wirklich erklingt oder ob er sie sich nicht nur einbildet, ob sie nicht etwa aus einem der Nachbarhäuser herüber tönt. Er tritt vom Fenster weg, geht zur Zimmertür, öffnet sie.

Tatsächlich, die Musik wird lauter.

Sie ertönt vom oberen Geschoss herunter. Kein Zweifel. Wieder fängt ihn zu schwitzen an.

Was nur soll dieser ganze Spuk? Ist es Einbildung, eine Nervenreizung? Aber nein, als er an die Treppe tritt, hört er ganz deutlich Musik. Im Obergeschoss wird diese Musik abgespielt, wahrscheinlich in Mutters Zimmer. Dort steht noch immer die Musikanlage. Und jetzt erkennt er die Musik auch. Ja, zum Teufel, es ist Beethovens verfluchte Klaviersonate „Appassionata", die er so hasst, die er hasst wie keine andere Musik auf der Welt.

Er hört dieses Hämmern, dieses „dida dim, dida dim, dida da da" – oh verflucht! Am Treppenabsatz stehend hält er sich die Ohren zu. Aber es nützt nichts, die Musik wird lauter und er kann sein Gehör nicht abschalten. Zum Äußersten entschlossen, stürmt er die Treppe empor, den Gang entlang, zu Mutters Zimmern, reißt die Tür auf. Stille! Kein Ton erklingt.

Einsam und verlassen liegt das Zimmer.

Die Musikanlage schweigt, alle Kontrolllämpchen sind erloschen, auch der Stecker ist gezogen. Es war eine Täuschung. Hier konnte die Musik nicht erklungen sein. Er tritt an den Plattenschrank, sucht die Beethoven Sonaten, findet die „Appassionata", eine Aufnahme mit Vladimir Horowitz. Sie ist unberührt, liegt mitten im Stapel.

Der Mann Wendrich stolpert zur Tür. Er fühlt sich zerrüttet, todmüde. Wie abwesend steigt er die Treppe hinab. Magisch fast zieht es ihn in die Küche. Er will, ohne dass er es sich eingesteht, sehen, ob der dunkelrote Fleck wieder erschienen ist. Mit klopfendem Herzen reißt er die Küchentür auf, hält sich am Türrahmen fest. Er fühlt einen Schwindel, eine nahende Ohnmacht.

Sein Blick fällt auf den Küchenfußboden, nahe dem Tisch.

Doch, da ist nichts. Alles ist sauber und blank. Zwar entdeckt man die gereinigte Stelle, wenn man genauer hinschaut, vielleicht, weil ringsum alles ein wenig staubiger erscheint. Aber, das befürchtete Blut ist nirgends zu entdecken. Mit einem Schnaufen setzt sich Wendrich an den Küchentisch, stützt den Kopf in die Hände. Er hockt unbeweglich, verharrt in dieser Stellung, wartet wie ein Verurteilter. Doch diesmal kommen keine Erinnerungen, keine Bilder und Töne gaukeln herbei, diesmal ist nur dröhnende Leere, ein dumpfer, hämmernder Schmerz zwischen seinen Schläfen.

Auch nach zwei Stunden, der Schmerz im Kopf hat nachgelassen, scheinen weder die alten, schmerzhaften Erinnerungen noch eine dieser Nervenreizungen, keinerlei Erscheinung, weder die Schritte auf dem Dachboden, noch Musik aus dem Obergeschoss und natürlich auch nicht der dunkelrote Fleck wiederkommen zu wollen.

Alles bleibt ruhig. Alles ist wie gewohnt. Die nächsten Tage bleibt es so. Gottseidank!

Wendrich atmet auf. Er wird ruhiger, ausgeglichener. Nun kann er Schritt für Schritt alles in Angriff nehmen, was er sich vorgenommen hat. Selbst den Drang, in den Wald zu gehen, um nachzusehen, ob alles in Ordnung ist, hat er jetzt aufgegeben, ja fast vergessen. Und so beginnt er, zunächst im Obergeschoss, die Zimmer zu renovieren, alte Tapeten runter, neue drauf, einstreichen...

An einem Dienstag dann, gegen elf Uhr, fast eine Woche seit jenen dramatischen Ereignissen, Johannes Wendrich ist mitten in den Arbeiten, klingelt es unten an der Pforte. Wendrich steigt von der Leiter, bindet sich die Schürze ab, hängt seine befleckte Malermütze auf einen Pinselstiel, betrachtet die Hände, die weiß von Farbe sind, und geht nach unten. Als er auf den Summer gedrückt hat, der die Gartenpforte öffnet, reißt er die Haustür mit einem Schwung auf. Ein paar Witzworte auf der Zunge, denn er glaubt der Paketdienst stehe draußen, erschrickt er und schließt den Mund, denn es ist nicht die Post, wie erwartet. Dort an der Gartenpforte steht niemand anderes als der unbekannte Pilzsucher aus dem Wald.

Darf ich? ruft der, ohne eine Begrüßung abzuwarten, und als er heran ist, sagt er, wieder ungemein fröhlich mit einem Lachen: Wusste ich´s doch, dass wir uns noch mal wiedersehen, ha, ha.

Er reicht dem völlig überraschten und sprachlosen Wendrich die Hand.

Nur, auf ein paar Worte, Herr ... Herr, er starrt aufs Namensschild, so als besinne er sich des Namens nicht. Herr Wendrich! ja natürlich, Herr Wendrich. Bitte, nur ein paar wenige Worte, eine Auskunft eigentlich nur. Eine winzige Auskunft.

Wenn Sie gestatten... ?

Der Mann tritt unaufgefordert ins Innere des Hauses.

Meine Name ist Korbbinder, Raffael.

Ja, Raffael Korbbinder – ein blöder Name, ich weiß, ich bin Oberkommissar, ja leider nur Oberkommissar - hier mein Ausweis. Er hält dem verdutzten, noch immer sprachlosen Wendrich die Dienstmarke der Polizei vors Gesicht.

Ja, Kripo! lacht der Pilzsucher, da staunen Sie, was?

Aber keine Angst, alles ganz harmlos.

Darf ich? und wieder geht er, ohne aufgefordert zu sein, weiter, ins Wohnzimmer diesmal, nicht in die Küche, vielleicht, weil die Wohnzimmertür einen kleinen Spalt offen stand, wer weiß. Wendrich folgt ihm. Bis jetzt hat er noch kein einziges Wort gesprochen. Der Kommissar schaut sich kurz im Wohnzimmer, dann im Handumdrehen, setzt er sich in den großen Lehnstuhl, diesmal ohne sein „darf ich?".

Er sitzt in Mutters Stuhl, denkt Wendrich, während er ein wenig hilflos in der Mitte des Zimmers stehen geblieben ist...

Wissen Sie, sagt der Kommissar und lacht wieder, ha, ha, Sie müssen denken, dass ich hinter Ihnen her bin, erst im Wald, dann am Baumarkt, dass ich Ihnen, wie sagt man, nachspüre, aber das stimmt nicht. Bitte glauben Sie mir, alles wirklich bloß Zufälle. Ja, erst im Wald. Ich war schon eine Weile da drinnen, beinahe hätte ich mich verirrt. Ich suchte Pilze. Hatte meinen ersten freien Tag seit drei Monaten, und am Morgen, oder besser, gestern Abend schon, sagte meine Frau, sie hätte gern mal wieder frische Waldpilze, und es solle jetzt welche geben, ob ich nicht…, ich hätte doch heute frei – also fuhr ich in den Wald. So ist das. Natürlich fand ich nichts, das heißt, zwei halb vertrocknete Birkenpilze, ich stolpere im Wald herum.

Bin kein Pilzsucher, wissen Sie, nein, Pilze interessieren mich nicht, ich esse sie noch nicht mal gerne, sind so schlabbrig; viel eher interessieren mich alte Wegkreuze, verfallene Burgen oder auch Bauernhäuser, auch verlassene Bergbauanlagen. Ja, ich weiß, dass sich dort in diesem Waldgebiet so eine alte Silbermine befindet. Da ging ich kreuz und quer, ohne Karte. Es gibt sicher von dieser alten Schachtanlage keine Karten mehr. Schließlich aber stand ich davor.

Vielleicht wäre ich auch noch hineingekrabbelt, in die alten Stollen oder hätte mich hinabgelassen in den Brunnenschacht. Es soll ja manchmal Schätze geben in diesen alten Brunnen. Was die Leute im Laufe der Jahre wegwerfen ist enorm, Sie glauben es nicht…

Aber das alles ist ja verboten, man darf nicht hinein, in solche Anlagen, Sie wissen, Einsturzgefahr, Wassereinbrüche, Lebensgefahr - überall sind Schilder aufgestellt. Plötzlich sah ich Sie da sitzen. Erst dachte ich, Sie wären eingeschlafen, aber dann hörte ich beim Näherkommen, dass Sie irgendetwas Unverständliches murmelten. Nein, keine Angst, ich hab nix verstanden, und dann waren Sie ja auch schon aufgestanden, und wir wären beinahe aneinandergeprallt. Nein, da hatte ich keine Lust mehr, dort rumzustöbern und bin zu meinem Auto zurück, das ich fast nicht mehr wiedergefunden hätte. Und auf dem Weg dahin, Sie werden es nicht glauben, da fand ich auch die beiden Pilze. Sind noch im Auto. Kann ich Ihnen zeigen? Hab mich nicht getraut, sie meiner Frau auf den Küchentisch zu legen. Zu armselig. Eine Blamage. Also, Sie sehen, der reine Zufall unsere Begegnung. Wirklich, glauben Sie mir.

Als ich dann also im Auto saß, fiel mir ein, dass ich meiner Frau eine Grünpflanze mitbringen wollte. Eine List von mir, ha, ha, wissen Sie, um sie zu trösten, denn ich wusste, ich würde keine Pilze mehr finden.

Also fuhr ich ins Gewerbegebiet. Und als ich einparkte, da sah ich wieder Sie, Herr Wendrich. Ohne jede Absicht.

So war das, ja wirklich.

Unser Leben ist oft ganz und gar einfach zu erklären, nicht wahr...

Der Kommissar saß im Lehnstuhl und knackte mit den Fingern.

Wendrich sah sich diesen merkwürdigen Mann genauer an, einen Unbekannten, der ihn mit einem Wortschwall aus freundlich und lässig Dahergesagtem überschüttet hatte. Es war kein unsympathischer Mensch, im Gegenteil, auch seine Halbglatze entstellte ihn nicht. Er sah warmherzig und intelligent aus, mit freundlichen, wachen Augen von rehbrauner Farbe, darüber buschige Brauen, die ihm etwas Verwegenes, Listiges gaben. Auch die Stimme klang angenehm, mit einem sonoren Nachhall, eine Stimme, die besonders Frauen gefallen musste, beinahe wie die Synchronstimme von Frank Sinatra, dachte Wendrich. Der Kommissar war schlank und mittelgroß, so einen Meter fünfundsiebzig ungefähr. Seine Füße, das fiel Wendrich auf, weil es nicht zu seinem eleganten Anzug passen wollte, steckten in Nike-Sportschuhen. Schwarzweiß mit riesiger geschwungener Sohle.

Der Kommissar bemerkte Wendrichs Blick. Lachend sagte er: Ja, ha, ha eine Marotte von mir. Immer trage ich solche Sportschuhe. Kann in ihnen am besten laufen. Ist mir egal, was die Leute sagen, auch in der Dienststelle lästern die Kollegen immer, aber es stört mich nicht. Man soll überhaupt tun, das meine ich, was einem Spaß macht. Regeln sind einfach Scheiße, vor allem Anstandsregeln und die sogenannte Anzugsordnung. Konventionen der Gesellschaft, igitt! Finden Sie nicht auch?

Apropos Schuhe.

Sagen Sie, ich sah draußen zwei Paar Schuhe stehen? Damenschuhe ziemlich unmodern, schon älterer Art, offenbar!? Die Schuhe Ihrer Frau Mutter?

Wendrich wurde es unbehaglich. Noch hatte der Kommissar nicht gesagt, was er eigentlich wollte, hatte munter drauflos geschwatzt, und nun fragte er gleich nach der Mutter. Wendrich nickte, sagte dann in genuscheltem und beiläufigem Ton:

Ja, die gehören meiner Mutter!

Er biss sich auf die Lippe, denn fast wäre ihm herausgerutscht: *Ja, die gehörten meiner Mutter*.

Vielleicht eine der berüchtigten Fangfragen aus dem Arsenal dieses Kripomannes, dachte er, ich muss aufpassen. Ich muss ihn ablenken.

Und so fügte er an, wobei er ein Lächeln versuchte:

Darf ich Ihnen etwas zu trinken anbieten, Herr Oberkommissar? Ein Wasser? Ein Bier? Einen Kaffee?

Korbbinder schaute auf. Und als er Wendrich ansah, kam ihm wieder jenes fröhliche Lachen an. Ha, ha, na klar, etwas zu trinken. Das ist gut. Ein Wässerchen, wenn´s geht. Ha, ha… Sie kennen den Spruch: Er kann kein Wässerchen trüben!?

Wissen Sie, wo der herstammt?

Keine Ahnung, sagte Wendrich. Eine sichtbare Verwirrung stand ihm im Gesicht.

Aus dem Russischen kommt es, lieber Freund, vieles kommt aus dem Russischen, wir wissen es nur nicht. Das meiste davon stammt aus der Zeit, als die Russen das erste Mal unsere Befreier waren. 1813 nämlich! Da quartierten sie sich auch hier ein, der Kommissar breitete die Arme aus, als meinte er Wendrichs Haus, und sie ließen ein bisschen von ihren Sprüchen und Sitten bei uns…

Und als er Wendrichs Verwirrung bemerkte, rief er: Na ich will Sie nicht in Bildungsverlegenheit bringen, gehen Sie schon und holen Sie mir mein Wässerchen.

Wendrich verließ das Wohnzimmer und begab sich in die Küche, um eine Flasche Sprudel aus dem Kühlschrank zu holen. Unwillkürlich warf er einen Blick auf den Fußboden, auf jene Stelle neben dem Küchentisch. Und ihn durchfuhr es wie mit einem glühenden Messer.

Der dunkelrote Fleck war wieder da!

Wo waren Lappen, Putzmittel, Wassereimer? Schnell, es musste schnell gehen. Jeden Moment konnte der Kripomann nach ihm rufen. Panik griff nach ihm, machte ihn bewegungsunfähig. Doch, ehe er etwas tun konnte, er stand wie gelähmt, ja ehe ihm der nächste, der vielleicht rettende Gedanke, kam, hörte er sich nähernde Schritte, und schon stand Korbbinder in der Tür.

Es muss nicht aus dem Kühlschrank sein, Herr Wendrich, zu kalt ist ja ungesund, rief er in fröhlichem Ton, und trat näher.

Was tun?

Wendrich versuchte dem Kommissar den Blick auf den Fußboden zu nehmen, indem er sich vor den Fleck stellte. Er wusste, es war aussichtslos, der Polizist brauchte nur einen halben Schritt zur Seite zu gehen, schon musste er den Schlamassel sehen.

Und Korbbinder trat auch wirklich zur Seite.

Ach, sagte er, ich kann ja gleich hier am Küchen-tisch Platz nehmen, wenn sie gestatten, das ist gemütlicher, persönlicher. Und schon saß er, saß direkt vor dem Fleck, seine Fußspitzen waren nur ein paar Zentimeter davon entfernt. Wendrich hatte sich nicht von der Stelle gerührt.

Was denn? fragte Korbbinder und lachte wieder, sind Sie so überrascht, dass ich mich hier niedergelassen habe. Na, geben Sie Ihrem Gast doch das Wasser!

Aber, seltsam, er schien den Fleck nicht zu sehen, obwohl er doch vor sich hin zu Boden blickte. Nein, er zeigte keinerlei Reaktion, nicht die mindeste Reaktion, gab sich heiter, lächelte. Wendrich war fassungslos, er spürte eine totale Unfähigkeit, fühlte sich nicht in der Lage, irgendetwas zu denken, zu tun, zu sagen. Wie das Kaninchen vor der Schlange stand er da und rührte sich nicht.

Das Wasser, Herr Wendrich!? Sie träumen! Das Wasser, hallo, mein Lieber, wiederholte der Kommissar.

Wendrich fuhr auf.

Er ging zum Wandschrank und brachte eine Flasche Sprudel, ein Glas, blieb stehen, wartete. Alles dies tat er wie abwesend, wie unter Hypnose, und als er vor dem Küchentisch stehen blieb, wanderten seine Augen wieder zum Fußboden, er konnte, obwohl er sich zu zwingen versuchte, nicht dorthin zu blicken, seine Augen nicht abwenden. Der dunkelrote Fleck war noch immer zu sehen, deutlich, groß, auffallend.

Aber dem Oberkommissar Korbbinder sah nichts.

Interessiert, doch zugleich mit routinierter Gleichgültigkeit ließ er seine Augen in Wendrichs Küche umherschweifen. Nirgends verweilten sie länger, alles schien normal. Auch über den Fußboden glitten sie hin, und er sagte: Alles sehr sauber bei Ihnen, wirklich, beinahe adrett, eine schöne Küche. Und mit keiner Silbe, mit keiner Bemerkung, mit keiner Miene, war zu sehen, zu hören, dass der Kommissar etwas Verdächtiges gesehen hätte und nun Auskunft verlangte. Er schien auch Wendrichs Erregung nicht zu sehen. Stattdessen begann er im beiläufigstem und freundlichsten Tonfall:

Was ich Sie eigentlich fragen wollte, lieber Herr Wendrich, betrifft ja gar nicht Sie, es betrifft Ihre Frau Mutter. Ich hoffte eigentlich, sie hier zu treffen, aber, wie ich schon an den Schuhen draußen vor der Tür gesehen habe, scheint sie nicht anwesend zu sein.

Und er nahm die Antwort vorweg: Sie ist also nicht da, Ihre werte Frau Mutter? Das ist schade. Sehr schade.

Dabei hätte ich nur eine, wie wir sagen, winzige Routinefrage an sie gehabt. Es betrifft einen zurückliegenden Fall, in dem wir nicht weiterkommen und wir dachten, Ihre Frau Mutter könnte uns da weiterhelfen, doch nun... sehr schade wirklich bedauerlich.

Na gut, ich trink Ihr Wasser, vielen Dank dafür, und dann geh ich gleich wieder... wer konnte wissen, dass sie nicht da ist. So plötzlich. Und für länger?

Wendrich verstand nicht gleich, er antwortete nichts, nickte nur mit dem Kopf.

Ich meine, erklärte Korbbinder, ob sie für länger verreist ist.

Jetzt erwachte Wendrich wieder aus seiner Starre, er gab sich einen Ruck, fragte:

Sagte ich, dass sie vereist ist?

Nein, antwortete Korbbinder und lächelte, dies sagten Sie nicht, ich dachte nur, ich nahm an... sie ist doch verreist, oder?

Wendrich, der sich inzwischen an den Tisch gesetzt hat, antwortet wieder nicht. In ihm beginnt sich Panik auszubreiten. Nur noch wenig, das fühlt er, und er wird irgendeinen blöden Fehler machen, eine Unüberlegtheit sagen, irgendetwas, was er auf keinen Fall aussprechen darf, gerade dies wird er herausposaunen. Nur ein kleines Zipfelchen Selbstbeherrschung verbleibt ihm noch. Er spürt, wie er wieder zu schwitzen beginnt.

Wieso spricht dieser Mensch nicht von dem Fleck zu seinen Füßen? denkt er.

Er muss ihn doch gesehen haben. Was fragt er andauernd nach der Mutter? Oh, ich muss verdammt aufpassen. Weiß er überhaupt etwas? Bilde ich mir nicht alles nur ein, und der Besuch dieses Menschen ist absolut harmlos? Warum sieht er den Fleck nicht? Warum? Warum kommt er nicht drauf zu sprechen, verdammt. Aber, er ist doch da, dieser elende Fleck, ich kann ihn sehen, ganz deutlich, nicht übersehbar, also muss der Polizist ihn doch auch sehen ... warum aber sieht er diesen Fleck nicht? Warum?

Sie ist doch verreist, Ihre Frau Mutter? hört er den Kommissar zum zweiten Mal fragen. Wieder antwortet Wendrich nichts, stattdessen kratzt er mit dem Daumennagel auf der Tischplatte herum und beobachtet dieses Tun, als ob es nichts Spannenderes und Wichtigeres für ihn gäbe.

Auf einmal geschieht etwas ungemein Erregendes, Wendrich sieht es, ohne aufzublicken, aus den Augenwinkeln - der Polizist Korbbinder ist nämlich ohne ein weiteres Wort aufgestanden und beginnt in der Küche hin und her zu gehen.

Wendrich denkt: Gleich wird er in die Blutpfütze treten, gleich wird er Spuren hinterlassen auf den hellbraunen Fließen. Er muss ja hineintreten, es geht gar nicht anders. Wendrichs Puls rast, der Schweiß rinnt ihm den Nacken hinab. Er hebt den Kopf ein wenig, blickt über den Rand des Tisches zu dem dunkelroten Fleck hinunter. Rot glitzert dieser, er scheint ein wenig eingetrocknet, dickflüssiger. Kein Wort fällt zwischen den Männern. Korbbinder geht hin und her, schweigend, die Arme verschränkt, jetzt kommt er zurück. Wendrich sieht Korbbinders Füße, die Turnschuhe mit den makellos weißen Streifen. Sie bleiben vor dem Fleck stehen. Verharren einen Moment. Dann machen sie einen Schritt, bleiben stehen, bleiben mitten in der Blutpfütze stehen, gehen weiter, nach links zur Anrichte, aber sie hinterlassen keinerlei Spuren, diese Polizistenfüße, sauber glänzt der Fußboden in mattem Hellbraun.

Wie ist das möglich?

Wendrich will sich herabbeugen zu seinem Fleck, will mit den Fingerspitzen prüfen, ob das Blut tatsächlich eingetrocknet ist. Er fühlt einen großen inneren Zwang gerade dies jetzt zu tun. Sein Blick ist starr auf den Fleck gerichtet. Da tritt der Polizist an ihn heran, fasst ihn am Oberarm, fragt: Hallo, Herr Wendrich! Was starren Sie auf den Boden? Meine Schuhe sind sauber, keine Sorge, ich hinterlasse keine Spuren auf ihrem blitzblanken Fließen.

Korbbinder ist vor dem Tisch stehengeblieben.

Wendrich blickt nicht auf, er starrt weiter nach unten. Der Polizist inmitten des Blutfleckes, er steht da, aber er sieht den Flecken nicht, denkt Wendrich.

Warum geschieht das?

Ich verliere den Verstand.

So muss es sein, wenn man plötzlich dem Wahnsinn verfällt, ich begreife das alles nicht, überlegt er, während ein heilloser Schrecken ihn immer fester umklammert hält. Sein Herz klopft so stark, dass er glaubt, der andere müsse es hören.

Der Polizist indes, vor ihm stehend, fragt ungerührt und wieder in seinem unernsten Unterton: Ich will Sie nicht nerven, mein Lieber, aber so eine einfache Frage, ob ihre werte Frau Mutter verreist ist, die könnten Sie mir doch nun wirklich beantworten... denn ich sagte Ihnen ja, meine weiteren Fragen wollte ich Ihrer Mutter selber stellen und gar nicht Ihnen. Bitte, Herr Wendrich, nun hören Sie aber auf, so zu Boden zu starren.

Wendrich hört die aufkommende Schärfe in Korbbinders Stimme und so sagt er, indem er langsam den Kopf hebt:

Ja, meine Mutter ist verreist. Was ist dabei? Jeder kann mal verreisen. Ich weiß auch nicht, wann sie wiederkommt...

Aber mein Lieber, warum so gereizt? Und warum beantworten Sie mir Fragen, die ich gar nicht gestellt habe?

Dieser Oberkommissar Korbbinder steht immer noch inmitten der Blutpfütze, denkt Wendrich, aber er sagt, ich solle nicht weiter zu Boden starren. Er will mich foppen, dieser Mensch.

Was sagen Sie, Herr Oberkommissar? fragt Wendrich, ich hätte Ihnen eine nicht gestellte Frage beantwortet? Nein, nein, ich bin nur höflich und zuvorkommend und ich sage Ihnen gleich alles zum Thema. So ist das!

Der Polizist lächelt, er tritt zurück, aus der Pfütze zur Seite, ohne aber irgendeinen Abdruck zu hinterlassen, wendet sich um, geht zur Tür, geht hinaus in Richtung Wohnzimmer und im Hinausgehen ruft er dem verdutzten Wendrich zu, er habe im Wohnzimmer etwas liegenlassen, seine Handgelenkta- sche, er wolle sie nur holen.

Wendrich bückt sich blitzschnell nach seinem Fleck und taucht den Mittelfinger in die tatsächlich schon halb geronnene, fast eingetrocknete Flüssigkeit. Und, als er den Finger vors Gesicht hält, sieht er die dunkelrote Fingerkuppe. Er riecht daran, es riecht süßlich und unangenehm.

Korbbinder kommt zurück, schwenkt seine Handtasche. Er wirkt fröhlich.

Sie ist noch da, sehen Sie! ruft er lachend.

Wendrich hält die Hand mit der roten Fingerspitze unter dem Tisch versteckt. Er überlegt, wie er jetzt die ganze Zeit diesen Finger verbergen muss. Ach wenn er doch diesen Polizisten bald wieder los würde. Aber ihm fällt nichts ein, er muss warten.

Also, Ihre Frau Mutter ist verreist? Wohin, wenn man fragen darf? Hat sie Ihnen schon eine Karte geschrieben? Alte Leute schreiben ja gerne Karten, wenn sie irgendwohin verreist sind, da sind sie anders, als wir Jüngeren. Ich zum Beispiel schreibe niemals Karten, müssen Sie wissen, das ist mir verhasst, ich weiß immer nicht, was ich schreiben soll. Aber die Alten, kaum sind sie irgendwo angekommen, gehen sie in den erstbesten Schreibwarenladen und kaufen Ansichtskarten.

Meine Mutter ist keine Kartenschreiberin, ich habe von ihr in all den Jahren vielleicht zwei, drei Karten bekommen. Sie schreibe nicht gerne, sagt sie immer. So wird es auch diesmal sein. Ich werde keine Karten bekommen. Übrigens, sie ist in Österreich, in einem kleinen Kaff in der Nähe von St. Anton. Hab den Namen vergessen. Es ist mir außerdem recht, dass sie jetzt mal verreist ist, ich will, ich muss nämlich das Haus vorrichten, wissen Sie, da hätte die Alte nur gestört.

Da haben Sie recht, Herr Wendrich, manchmal stören die Alten ganz furchtbar. Sie können einem richtig auf die Nerven gehen, man weiß gar nicht, wohin mit ihnen, überall sind sie im Wege, und helfen können sie ja doch nicht... also in Österreich wäre Ihre Frau Mutter, sagen Sie – eine Dienstreise nach Österreich dies wäre auch mal was, ha, ha. Korbbinder lacht. Plötzlich bückt er sich. Ich hab da was am Schuh, ruft er, Moment, ich hab´s gleich.

Wendrich erschrickt. Sofort denkt er wieder an seinen Fleck. Der Polizist sitzt ja unmittelbar davor. Korbbinder richtet sich wieder auf, er hält zwischen den Fingern ein kleines helles Plättchen, kaum fingernagelgroß. Seltsam, sagt er, dieses Splitterchen hab ich mir eingetreten, hier irgendwo, es sieht aus wie ein Stück Porzellan.

Haben Sie eine Vase zerschlagen?

Wendrich ist leichenblass geworden. Er weiß nicht, was der Oberkommissar da in den Fingern hält, aber Porzellan scheint es nicht zu sein. Sofort denkt er an einen Splitter aus dem Schädel der Mutter. Als er hier in der Küche auf sie einschlug, könnten solche Splitter tatsächlich irgendwohin geflogen sein und er hat das nicht bemerkt. Doch, sogleich sagt er sich, ach was, Unsinn, wer weiß, was dieser Mensch da gefunden hat. Er will mich nur nervös machen, ja, der hat sich vorgenommen, mich aus irgendeinem Grund nervös zu machen.

Und Wendrich sagt: Ach ja, ich erinnere mich, beim Aufräumen ist mir ein Teller zu Bruch gegangen. Dies wird ein Teilchen davon sein.

Zeigen Sie mal her!

Doch, als der Polizist ihm das Splitterchen hinreicht, und er zugreifen will, fällt ihm seine Fingerspitze ein. Aber zu spät, schon hat er die Hand ins Licht gehalten. Er muss zugreifen, und er greift zu.

Korbbinder, der alles genau sehen kann, zuckt mit keiner Wimper, für ihn scheint alles normal.

Ein Stück Porzellan! Weiter nichts.

Und sein Gegenüber hat reine Hände, kein roter Fleck am Finger. Warum auch? Da, auf einmal, hält es den Mann Wendrich nicht mehr. Er schlägt mit der Faust auf den Tisch, brüllt:

Verdammtes Versteckspiel!

Ich habe es satt, ich kann nicht mehr. Warum sagen Sie nichts zu dem Fleck zu Ihren Füßen, Herr Oberkommissar? Warum fragen Sie mich nach diesem

Porzellanstückchen und nichts zu dem dunkelroten Fleck zu Ihren Füßen da unten? Warum tun Sie so, als sähen ihn nicht?

Warum? Wieso? Was reden Sie da?

Korbbinder macht erstaunte Augen. Wieder lacht er.

Ein Fleck? Hier? Zu meinen Füßen? Wo? Ich sehe nichts. Da ist nichts. Und er rückt mit dem Stuhl ab, schaut auf den Boden. Sehen Sie mein Lieber, und Korbbinder bückt sich, streicht mit der Hand über die Fließen, streicht durch den dunkelroten Fleck, auf den Wendrich mit blödem Blick starrt, hebt die Hand hoch, ins Licht, und Wendrich sieht, dass die Polizistenhand ganz unbefleckt geblieben ist.

Nichts zu sehen! Was haben Sie nur, mein Lieber?

Wo nichts ist, da ist nichts, ha, ha … Sie sehen einen Fleck, wo keiner ist. Kennen Sie die Sache mit dem Gespenst von Canterville, diese herrliche Story von Oscar Wilde? Nein? Sehen Sie, so was müssen Sie mal lesen, mein Lieber.

Nun also, zurück zu meinem Splitterchen, Verehrtester, fährt Korbbinder ungerührt fort, geben Sie mir das „Corpus" mal wieder her, denn dieses allerliebste Splitterchen ist natürlich kein Stück aus einer Vase, da kenn ich mich bestens aus. Habe so was Tausende Male, oder sagen wir Hunderte Male, mindestens aber

Dutzende Male in den Händen gehalten. Dieses kleine elfenbeinfarbene Plättchen ist ein kleines Knöchelchen, wahrscheinlich aus einem Schädel.

Ich kann nur jetzt nicht sagen, ob es von einem Tier oder einem Menschen stammt, verehrtester Herr Wendrich. Das werden wir aber herausbekommen. Im günstigsten Fall könnten Sie ja hier in der Küche auch ein Kaninchen geschlachtet haben… im günstigsten Fall, im schlechtesten stammt es aus einem Menschenkopf…

Da tut der Mann Wendrich auf einmal etwas, was er selber vor Sekunden nicht für möglich gehalten hätte:

Er springt ohne ein Wort auf, geht zur Küchenspüle, dreht den Wasserhahn auf und wäscht sich die Finger ab, spült das vermeintliche Knöchelchen, das er immer noch in der Hand gehalten, es nicht dem Polizisten zurückgegeben hat in den Ausguss, lässt das Wasser mit vollem Strahl ein paar Sekunden laufen.

Dann dreht er sich um, lacht, ja, er lacht zum ersten Mal, seit dieser Korbbinder im Hause ist, und sagt:

Dies war ein kleiner Zaubertrick von mir! Das Verschwinden eines „Corpus".

Auch Korbbinder lacht. Die Männer lachen sich an. Doch, wie sie so lachen, verstummt Wendrich plötzlich, denn aus dem Obergeschoss hört er auf einmal gespielte Klaviermusik. Beethovens „Appassionata", kein Zweifel. Die Musik ist ziemlich laut.

Hören Sie nicht!? ruft er dem Polizisten zu, hören Sie.

Was soll ich hören? sagt der. Ihr offener Wasserhahn ist das einzige, was ich im Augenblick höre. Drehen Sie ihn bitte ab und es wird sofort Ruhe herrschen.

Nein, nein, von oben, da oben, Beethoven. Die Sonate! *Ihre* Sonate!

Wendrich zeigt mit dem Finger zur Decke. Wieder ist er sehr blass geworden. Korbbinder aber, der plötzlich sehr ernst wirkt, sagt: Musik hören, Flecke sehen, oh mein Lieber, was soll das alles? Sie scheinen etwas verstört. Warum nur?

Übrigens, das Knöchelchen. Ha, ha. Hier ist das richtige. Und Korbbinder hält zwischen seinen Fingern ein helles Stückchen. Sie haben ein wertloses Steinchen weggespült. Ja, mein Lieber, das sind meine Tricks, glauben Sie mir, in unserem Beruf da wird man mit der Zeit auch ein bisschen zum Zauberkünstler...

Wendrich indes hört kaum zu, alles scheint wie versperrt, denn immer noch dröhnen in seinen Ohren die Klänge der Beethoven-Sonate. Er will sich die Ohren zuhalten, lässt es aber, geht zum Tisch zurück, setzt sich wortlos, stützt den Kopf in die Hände. Wartet. Er wartet, dass alles irgendwie zu Ende geht - die Musik aus dem Obergeschoss, der Besuch dieses vermaledeiten Oberkommissars, und dass natürlich dieser verfluchte Fleck verschwindet, den er gerade wieder gesehen hat und den dieser Korbbinder nicht beachten will.

∾

So saß der Mann Wendrich. Er saß und wartete, und er hatte zum Schluss die Augen fest zugekniffen. Er wusste nicht, wie lange er so an seinem Küchentisch gesessen hatte, unbeweglich, mit geschlossenen Augen, wie viele Minuten oder vielleicht gar Stunden; als er aber die Augen wieder öffnete, war er allein.

Der Oberkommissar Korbbinder war gegangen. Wendrich wusste nicht, ob sie sich verabschiedet hatten, was noch geredet worden war, ob der Polizist wiederkommen wollte, ob er einbestellt wäre ins

Kommissariat, alles schien in ihm ausgelöscht. Für den Moment war keinerlei Erinnerung in ihm.

Er schaute auf die Küchenuhr, die Zeiger standen kurz vor Mitternacht.

Automatisch fiel sein Blick auf den Fußboden. Der dunkelrote Fleck war nicht mehr zu sehen, im Haus herrschte große Ruhe und Stille. Nur die alten Geräusche waren zu hören, aber die kannte er, sie machten ihm keine Angst: das Ticken der Wasserleitungen, das Knacken alter Balken und das Streichen der Äste der Douglasie an der westlichen Hauswand.

Er blieb noch eine Stunde in dieser Haltung am Tisch sitzen und er staunte, wie wahllos irgendwelche Gedanken, vorbeiwehenden Spinnenweben gleich, ihm durchs Hirn krochen, nichts blieb haften, Bilder aus der Kindheit und Jugend, Bilder vom Vater und Großvater, von den Schwestern…

Als es auf ein halb zwei Uhr zu ging, sprang er auf.

Er lief in die Garage, suchte in alten Kisten und Regalen, fand ein rotweißes Kletterseil, das er irgendwann gekauft, aber noch nie benutzt hatte. Er erinnerte sich, eine Zeitlang hatte er die fixe Idee gehabt, in die Dolomiten zu fahren, um dort in der Bergeinsamkeit zu klettern. Es war nie dazu gekommen. Jetzt nahm er das Seil, welches noch zusammengerollt und verschnürt war, nahm noch ein paar Haken und Verschlüsse mit, warf das alles in den Kofferraum des Autos, öffnete die Garage und fuhr, so, wie er dies immer tat, rückwärts auf die Straße. Er stieg aus, verschloss Garage, Gartentor und Haustür, setzte sich langsam, beinahe, als ob er es genießen wollte, hinters Lenkrad, umfasste es bedachtsam, streichelte es, und fuhr los.

Er dachte nicht nach, er kannte den Weg.

An dem kleinen versteckten Waldparkplatz angekommen, es war kurz vor zwei Uhr, parkte er den Wagen, entnahm dem Kofferraum alles, was er brauchte, dann ging er los.

Er brauchte nicht lange, und, obwohl er schnell gelaufen war, fühlte er sich frisch und kaum außer Atem. Entschlossen breitete er seine Utensilien aus, mit einer kleinen Lampe leuchtete er um sich.

Natürlich war er allein. Wer sollte um diese Zeit an diesem Ort seln? Nur, als er das Licht wieder löschen wollte, schien es ihm, als ob er in einem nahen Gebüsch zwei glimmende Punkte gesehen hätte. Vielleicht die Augen einer Katze, eines Marders, irgendetwas, oder zwei Flaschenverschlüsse, auf die das Licht gefallen war. Die Leute werfen ja alles weg, auch hier im Wald. Ach was, er machte sich keine

Gedanken. Rasch ging er zu Werke, legte sich einen Gurt um, verhakte das Seil, band sich die Lampe vor die Brust, dann schwang er sich über den Brunnenrand und begann sich langsam, Griff für Griff, hinabzulassen. Je mehr er nach unten kam, desto mehr roch es faulig und nach etwas Süßlichem, das ihm zuwider war. Im Schein der Lampe sah er gemauerte Natursteine, von Moos und Schlick bedeckt, Schicht um Schicht, wie in einem hellen Ring mit ihm abwärts wandern. Er war erstaunt, dass er keine Furcht empfand, kein Grauen, auch keine Gedanken an die Tote, die er da unten finden würde. Er konzentrierte sich, um keinen Fehler zu machen, nicht abzurutschen.

Es ging nur langsam vorwärts.

Er wusste, bis zum Boden des Schachtes waren es ungefähr zehn oder fünfzehn Meter, die Höhe eines dreistöckigen Hauses. Manchmal blickte er nach oben und sah die Öffnung, sah sie immer ein wenig kleiner werdend, sah den Nachthimmel, sogar ein paar Sterne sah er blinken. Schließlich setzten seine Füße auf. Er war unten angekommen, aber er stand bis zu den Waden im Wasser. Im Schein der kleinen Funzel blickte er sich um, und sah zuerst nichts Besonderes, nur größere Steine, die aus dem Wasser ragten, Unrat, ein altes Fahrrad, eine halb zerfallene Kiste.

Und es stank ganz fürchterlich.

Der Geruch war so intensiv, dass er die Hand vors Gesicht nehmen musste. Dann, schräg rechts vor ihm, gewahrte er den Sack. Er trat näher, leuchtete, und prallte zurück. Der Sack war an einer Seite offen. Es sah aus, als wäre er aufgeschnitten worden. Wendrich bückte sich, tastete mit den Händen in die Öffnung, griff zu, doch, was er hervorholte, waren nur alte Lumpen, ein Stück Matratze. Von der Leiche keine Spur.

Ein eisiger Schreck durchfuhr ihn.

Wo? Wo ist sie?

Er hastete auf dem Grund des Schachtes umher, patschte in der flachen, stinkenden Brühe, bückte sich immer wieder, tastete, wühlte, beschmutzte sich, fühlte die Nässe und Kühle. Doch er fand nichts. Voller Verzweiflung und Wut warf er einen Ast, den er aus dem Wasser geborgen hatte, von sich, sodass das Wasser aufspritzte.

Die tote Mutter war verschwunden!

Wieso? Warum? Er fand keine Erklärung. Nur die Angst, das Grauen, das er bisher so meisterhaft unterdrückt hatte, griff jetzt mit aller Macht nach ihm.

Er fühlte eine nie gekannte Furcht. Irgendetwas Furchtbares werde sich sogleich ereignen, dachte er. Verzweifelt blickte er nach oben zur Öffnung des Brunnenschachtes.

Und da sah er wie ein menschlicher Kopf sich über den Rand schob.

Er konnte nicht unterscheiden, ob es ein Männerkopf oder ein Frauenkopf gewesen war, er sah nur den Kopf, aber er sah ihn nur einen Augenblick. Die Erscheinung dauerte nur Sekunden. Dann zog der da oben, seinen Kopf wieder zurück. Blitzschnell geschah das.

Wendrich, nicht Herr seiner Sinne, brüllte nach oben, er schrie aus Leibeskräften. Der Kopf aber erschien nicht wieder. Wendrich brüllte und brüllte, es klang wie das Brüllen eines gefangenen, kranken Löwen in einer Höhle. Oben sah er den Nachthimmel, sah einzelne Sterne.

Dann fing er an zu weinen.

Fiel in ein hemmungsloses Schluchzen. Bis er auch damit aufhörte und nur noch wimmerte. Er wimmerte wie ein kleines Kind. Schließlich verstummte er ganz.

Er war zusammen gesunken, hockte mit dem Gesäß im Wasser, die Beine angezogen. Dann tastete er in seinen Taschen nach einem Messer, das er immer bei sich trug.

Er riss den Jackenärmel auf.

Zwei Schnitte in den linken Unterarm, lange Schnitte von zehn Zentimetern, nicht quer zu den Pulsadern, sondern parallel führte er sie aus. Das Blut spritzte ihm ins Gesicht, es war warm, schmeckte süß. Es dauerte nicht lange, er verlor schnell das Bewusstsein, gerade wollte er an die Mutter denken, doch da wurde es um ihn her dunkler und ganz leise.

Er konnte noch denken: So ist das also! So fühlt er sich an, der Tod!

Dann rutschte er zur Seite, das halbe Gesicht versank im Wasser, einer der Arme aber blieb auf dem Plastiksack liegen und es sah aus als umarmte er ihn.

Ende